觀山海

196隻奇獸，
最美的《山海經》圖鑑

杉澤 繪
梁超 撰

至禹本紀、山〔海〕經所有怪物，余不敢言之矣。——司馬遷

非天下之至通，難與言山海之義矣。——郭璞

泛覽《周王傳》，流觀《山海》圖。俯仰終宇宙，不樂復何如？——陶淵明

吾國古籍，瓌偉瑰奇之最者，莫《山海經》若。《山海經》匪特史地之權輿，乃亦神話之淵府。——袁珂

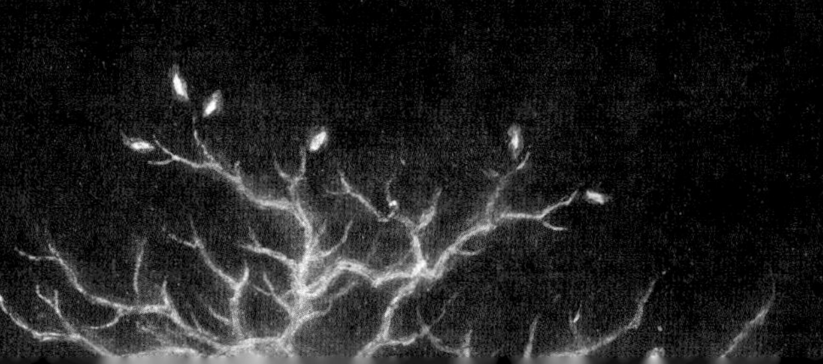

觀山海

目次

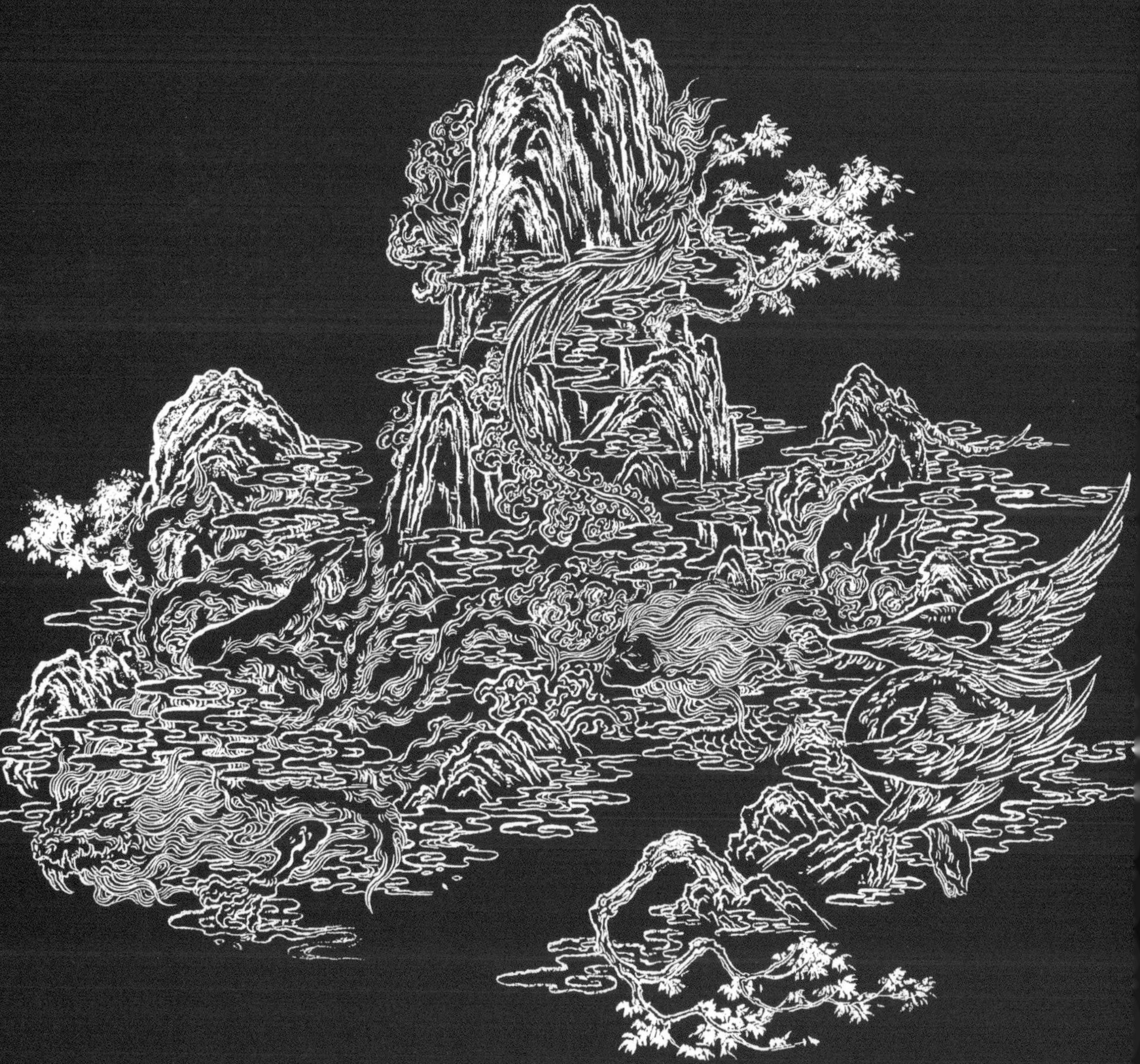

觀山海

索引

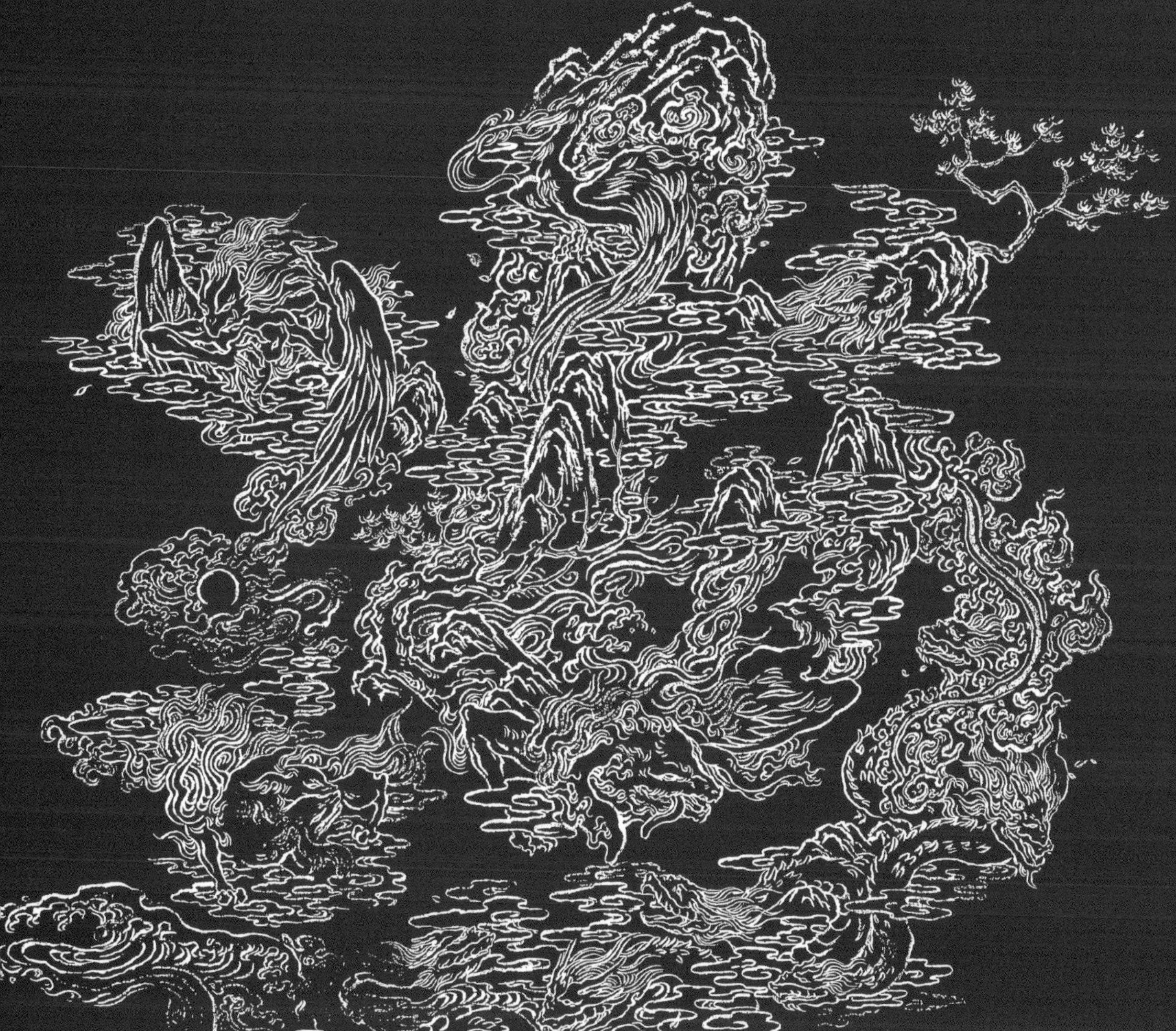

龍身鳥首神

蠱雕

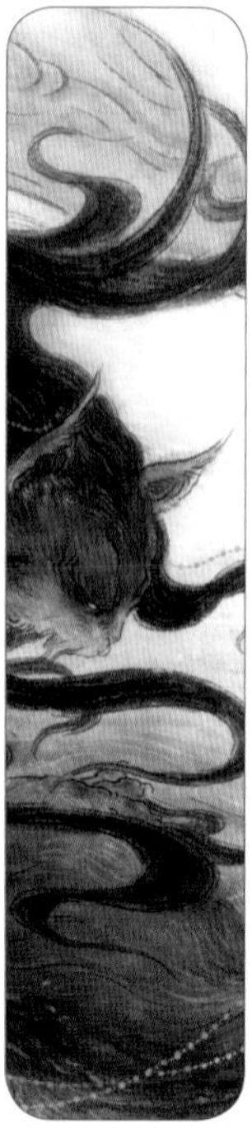
類

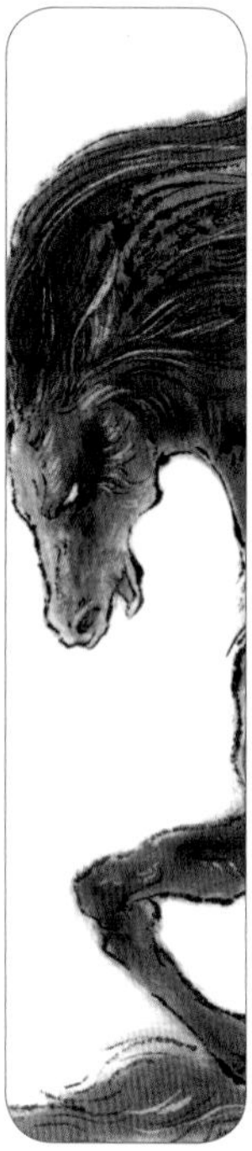
鹿蜀

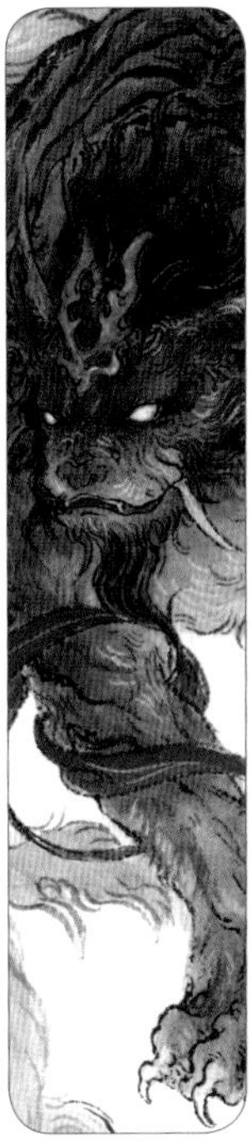

陸吾

英招

鼓

數斯

彘身八足蛇尾神

鷶

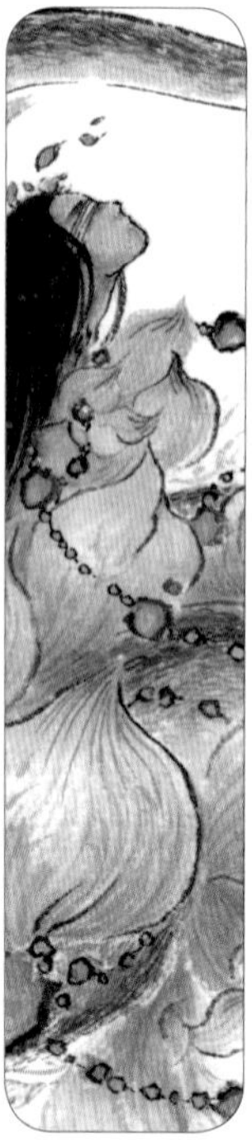

蛇身人面神

諸犍

鮯鮯魚

大蛇

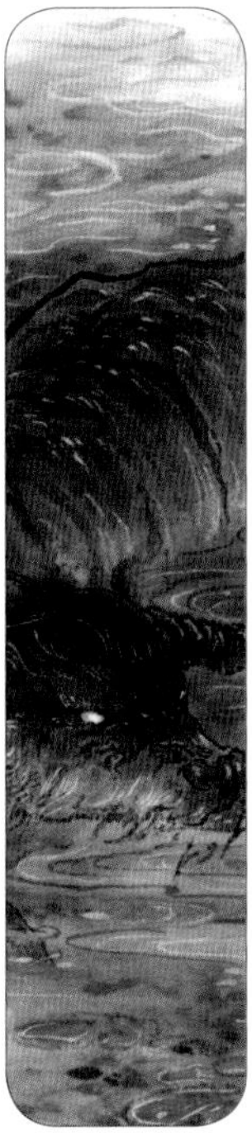

軨軨

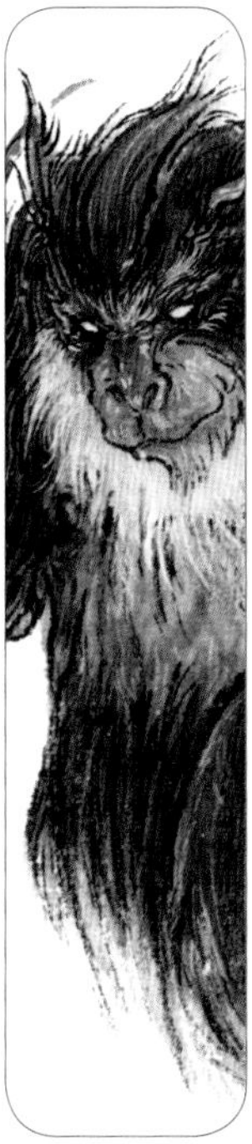

犲山獸

于兒神

彘身人首神

駄鳥

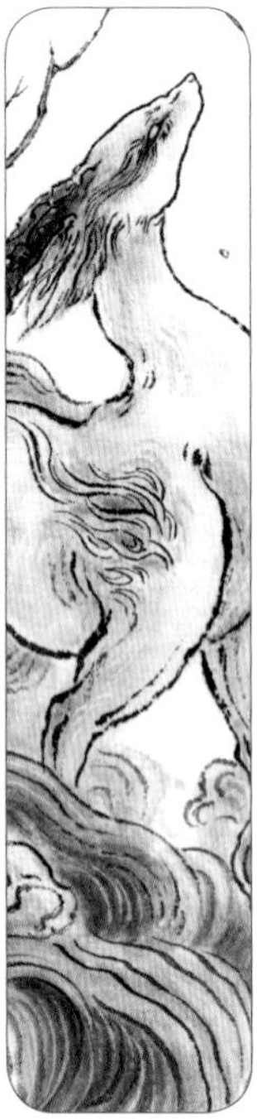

夫諸

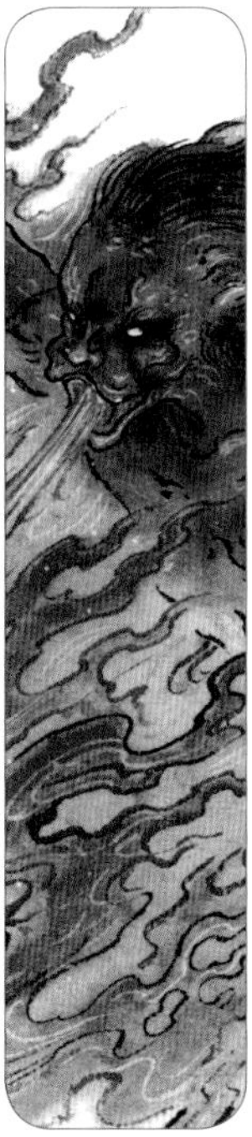

厭火國人

軒轅國人

句芒

開明獸

觀山海

卷一・南山經

〈南山經〉記錄了以招搖山、柜（音矩）山及天虞山為首的南方三大山系的自然風貌和異獸礦藏，以及各大山系山神的祭祀情況。三大山系共轄有大小四十列山脈，總長度為一萬六千三百八十里。

【狌狌】

南山之首曰䧿（音雀）山。其首曰招搖之山，臨于西海之上。多桂，多金玉。有草焉，其狀如韭而青華，其名曰祝餘，食之不飢。有木焉，其狀如穀而黑理，其華四照，其名曰迷穀，佩之不迷。有獸焉，其狀如禺（音遇）而白耳，伏行人走，其名曰狌狌（音星），食之善走。

注解

現在普遍認為「狌狌」即為「猩猩」，二者讀音相同。《山海經》所記錄的狌狌，長得像「禺」，郭璞說：「禺似獼猴而長，赤目長尾。」據此，可以說狌狌的樣子像是白耳的獼猴，可以伏行，也可以像人一樣直立行走。《山海經》說，吃了狌狌的肉，可以增強人的行走能力。

〈海內南經〉中狌狌的樣子有所不同，外形看起來像是長著人臉的豬，同時還記載，「狌狌知人名」。

【鹿蜀】

又東三百七十里，曰杻（音紐）陽之山，其陽多赤金，其陰多白金。有獸焉，其狀如馬而白首，其文如虎而赤尾，其音如謠，其名曰鹿蜀，佩之宜子孫。

【注解】

鹿蜀如同白首駿馬，身有虎紋，還有一條紅色的尾巴；叫聲優美，聽上去如同歌謠一般，讓人心曠神怡。此外，佩戴鹿蜀的毛皮，可使子孫繁衍不息。

「鹿蜀之獸，馬質虎文。驤首吟鳴，矯足騰群。佩其皮毛，子孫如雲。」郭璞筆下的鹿蜀，形體如馬，身上斑紋似虎。昂頭鳴叫，四足騰飛，神氣十足！有研究者認為，鹿蜀便是現今仍生活在非洲草原上的斑馬，在《山海經》成書的年代，古人們還能在中華大地上見到斑馬的身影。

旋龜

【旋龜】

（杻陽之山）怪水出焉，而東流注于憲翼之水。其中多玄龜，其狀如龜而鳥首虺（音毀）尾，其名曰旋龜，其音如判木，佩之不聾，可以為底。

注解

杻陽山也是怪水發源之處，許多黑色的龜在怪水中緩緩地游動，此龜名為旋龜，長著鳥的腦袋和毒蛇一般的尾巴，這種龜發出的聲響就像劈木頭的聲音。佩戴旋龜的甲骨，可以避免耳聾，還可以治癒腳底老繭。

除了旋龜以外，《山海經》中還描繪了三足龜、良龜、蛫等多種龜類形象。龜在古人心中占有神聖的地位，被視作連通天地神人的靈物。殷商時，龜殼用以占卜，及至周朝，甚至還出現了龜卜官，後來在《禮記》中，龜同麟、鳳、龍一起被稱作「四靈」。龜的地位如此之高，究其緣由，一則因其壽命之長，二則因其身體蘊含著天地和四方。總的說來，龜是「長壽」、「清閒」、「尊貴」和「廉潔」等美好願望和高尚品德的象徵。

鯥

類

【鯥】

又東三百里，曰柢（音底）山，多水，無草木。有魚焉，其狀如牛，陵居，蛇尾有翼，其羽在魼（音斜）下，其音如留牛，其名曰鯥（音路），冬死而夏生，食之無腫疾。

【注解】

柢山多水但無草木，在這種多水的環境中，生活著一種名叫鯥的動物，《山海經》說牠是魚，但又住在山陵上，牠的樣子像牛，尾巴如同蛇尾，有翅膀，長在魚肋之下。鯥的叫聲像留牛，有人說留牛是犛牛，也有說是犁牛、瘤牛的。鯥冬死而夏生，這裡的「冬死」，指的是冬眠。人如果食用了，可以免患癰腫病。

【類】

又東四百里，曰亶（音纏）爰之山，多水，無草木，不可以上。有獸焉，其狀如狸而有髦（音毛），其名曰類，自為牝牡，食者不妒。

注解

亶爰山的環境條件與柢山類似，多水，草木不生，人簡直難以登上。這個地方是類的棲息地。類這種異獸，長得和狸貓差不多，腦袋上有稍長的毛髮。這種獸類雌雄同體，吃了類的肉，能平息人的嫉妒心。

【猼訑】

又東三百里，曰基山，其陽多玉，其陰多怪木，有獸焉，其狀如羊，九尾四耳，其目在背，其名曰猼訑（音博施），佩之不畏。

注解

基山上的樹木大多形態怪異，山中還生活著一種樣貌奇特的野獸，名叫猼訑。同九尾狐一樣，猼訑長有九條尾巴，不僅如此，猼訑頭上的耳朵有四隻，眼睛竟長在後背上。佩戴牠的皮毛不會感到恐懼。

一些學者認為猼訑是一種名叫熊狸的動物。這種動物既像小熊，又像狸貓，有一條碩大的尾巴，或許會被誤認為是好幾條尾巴併在一起；熊狸耳朵上有長毛，毛色分為深淺兩層，若不仔細辨別，會將每一邊淺色的耳朵和深色的長毛認作兩隻耳朵，四隻耳朵可能便由此而來。而背部的眼睛，有可能是個別熊狸背上的雜亂皮毛給觀察者造成的假象。在中國，熊狸多分布於雲南、廣西等地，目前已被中國列入瀕危物種名錄。

【九尾狐】

又東三百里，曰青丘之山，其陽多玉，其陰多青雘（音或）。有獸焉，其狀如狐而九尾，其音如嬰兒，能食人；食者不蠱。

注解

美麗但令人恐懼的青丘九尾狐，早已廣為人知。其樣子如同狐狸，有九條尾巴，能發出嬰兒般的聲音，會吃人。誰若是有幸吃到了九尾狐之肉，從此便能免於妖邪之氣侵體。

在很長的一段時間，九尾狐都是代表著吉祥含義的瑞獸，郭璞注釋《山海經》時稱其「太平則出而為瑞也」。相傳大禹年過三十仍未娶妻，有一次行至塗山，心裡突然被擔憂填滿：自己這麼大的歲數還不結婚，怕是不合乎禮法！然後大禹自顧自地說，如果要我娶妻，老天一定會有所回應。沒想到，之後竟有一隻白色的九尾狐造訪他，大禹說：「白色，是我衣服的顏色；狐有九尾，是我成為王者的印證。」大禹認為，這或許是上天暗示自己趕快成家，然後造福四方，於是他娶了塗山女子為妻。這則故事記載於東漢時期的史學著作《吳越春秋》，足見當時人們在九尾狐身上所寄予的美好願望。

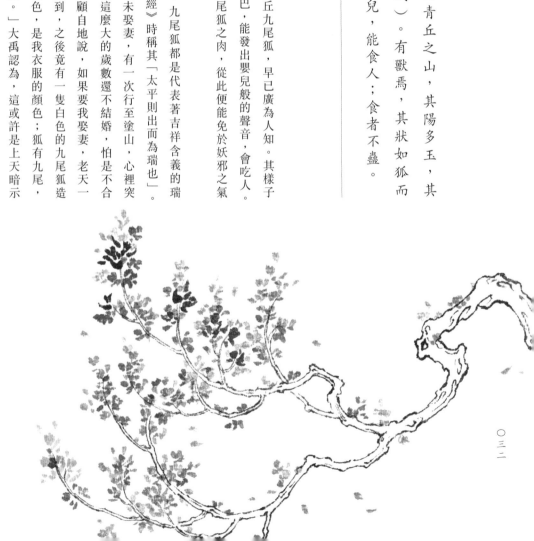

【鳥身龍首神】

凡䧿山之首，自招搖之山，以至箕尾之山，凡十山，二千九百五十里。其神狀皆鳥身而龍首。其祠之禮：毛用一璋玉瘞（音易），糈（音許）用稌（音圖）米，白菅為席。

注解

在䧿山這個山系中，從招搖山到箕尾山，共十座山，總計二千九百五十里。山神有著鳥身龍首，祭祀山神需經過特定的儀式，需將有毛的動物和璋玉一同埋下，祭祀精米需選用稻米，還要用白茅草編織山神的草席。

【狸力】

南次二山之首，曰柜山，西臨流黃，北望諸毗（音皮），東望長右。英水出焉，西南流注于赤水，其中多白玉，多丹粟。有獸焉，其狀如豚，有距，其音如狗吠，其名曰狸力，見則其縣多土功。

注解

狸力模樣和小豬相似，但長著雞爪，叫聲如同犬吠。狸力主要分布在柜山一帶，這裡也是英水的發源地。狸力若是出現，意味著該地將會有繁重的水土工程。郭璞在《〈山海經〉圖贊》中寫道：「狸力鵹鶘，或飛或伏。是惟土祥，出興功築。長城之役，同集秦域。」意思是狸力和鵹鶘，一個是在地上伏行，一個是在空中飛行，牠們的出現，預示著將會出現大規模的水土工程。據說在修築長城之前，大量的狸力就曾聚集在秦國的領土上。今有學者考證，狸力可能是一種名為豬獾的動物，這種動物善於刨土打洞，或許正因如此，古人才將其視為興土木的預兆。

【蠱雕】

又東五百里，曰鹿吳之山，上無草木，多金石。澤更之水出焉，而南流注于滂水。水有獸焉，名曰蠱雕，其狀如雕而有角，其音如嬰兒之音，是食人。

注解

在陝西神木縣納林高兔村，考古人員曾發現戰國晚期的匈奴墓，墓穴中出土了黃金製造的鳥喙鹿形文物，有研究者認為，該文物的造型與《山海經》中所描述的蠱雕有相似之處。蠱雕，是一種吃人的怪獸，生活於澤更水之中，其外形如同雕，頭上長有角，能發出嬰兒啼哭的聲音。從古人對蠱雕的命名、蠱雕的外形及牠食人的習性來看，這或許就是某一種雕類，但《山海經》記載說蠱雕是獸類，並且生活在水中，這就將我們的想像推向了更廣闊的空間。

【龍身鳥首神】

凡南次二山之首，自柜山至于漆吳之山，凡十七山，七千二百里。其神狀皆龍身而鳥首。其祠：毛用一璧瘞，糈用稌。

注解

南方第二列山中，從柜山到漆吳山，共十七座山，七千二百里。這些山的山神都是龍身鳥首。祭祀山神時，將有毛的動物和璧玉一同埋下，祭祀的精米選用稻米。

【兕】

東五百里，曰禱過之山，其上多金玉，其下多犀、兕，多象。

注解

禱過山上金玉礦藏豐富，山下是犀、兕、象等大型動物的棲息地。在中國古代典籍中，老虎經常和一種叫「兕」的猛獸同時出現，如《論語》中的「虎兕出於柙」，《紅樓夢》有些版本中的「虎兕相逢大夢歸」等，虎和兕勢均力敵，凶悍異常。

在《山海經》的記載中，「兕」這種動物時常和虎、犀、豹等大型動物相伴出現在大山中，這些地方危機四伏，人跡罕至。在〈海內南經〉裡，兕的模樣被描述為「其狀如牛，蒼黑，一角」。從字面上看，兕同犀牛的樣子有些相似。有研究者認為兕即印度犀牛，也被稱作「大獨角犀牛」。印度犀牛曾經分布廣泛，現在處於瀕危狀態。

【瞿如】

（禱過之山）有鳥焉，其狀如鵁（音交），而白首、三足、人面，其名曰瞿如，其鳴自號也。

注解

禱過山林間有一種怪鳥，牠看上去像白頭的鵁，但有三條腿，還長著一副人臉。這種鳥的叫聲聽著像在重複「瞿如」二字，於是便被人們稱作瞿如。郭璞在《〈山海經〉圖贊》中說：「瞿如三手，厥狀似鵁。」和瞿如外形相似的這種鳥——鵁，牠們生活在水域裡，中國南方就是這種鳥的棲息地之一。時至夏日，雄性鵁鳥羽冠、頭頸的顏色會變成紅色，故鵁又被稱作「赤頭鷺」。

【虎蛟】

（禱過之山）泿水出焉，而南流注于海。其中有虎蛟，其狀魚身而蛇尾，其音如鴛鴦，食者不腫，可以已痔。

注解

虎蛟居於泿水，魚身蛇尾，叫聲如同鴛鴦。食用虎蛟，可以預防腫病，治療痔瘡。

傳說虎蛟是龍的一種，除了虎蛟之外，《山海經》中還記載了多種被後世歸為龍的物種，如〈大荒東經〉中的夔、〈海內東經〉和〈大荒北經〉均提到的應龍等。據古籍記載，按龍的成熟程度，大致可以分為幾個不同的龍屬。第一類稱為虯，一般是指幼小的龍，處於生長發育期，還沒有長出角。第二類稱作夔，《說文解字》將夔描述為「如龍一足」。第三類名為蛟，長有鱗片，能發洪水，蛟千年化為龍。第四類名叫角龍，指有角的龍，龍五百年為角龍。第五類叫做應龍，又作黃龍，是背生雙翼的龍，龍千年為應龍。

【鳳皇】

又東五百里，曰丹穴之山，其上多金玉。丹水出焉，而南流注于渤海。有鳥焉，其狀如雞，五采而文，名曰鳳皇，首文曰德，翼文曰順，背文曰義，膺文曰仁，腹文曰信。是鳥也，飲食自然，自歌自舞，見則天下安寧。

注解

鳳凰和龍一直以來都是中華民族的重要圖騰，據《爾雅》的注解，鳳凰「雞頭、燕頷、蛇頸、龜背、魚尾、五彩色，高六尺許」。「鳳凰」這一圖騰，其建構方式同「龍」圖騰有異曲同工之妙。

《山海經》多處提及鳳凰，但在此處記錄了古代中國較為原始的鳳凰的形象。此處稱鳳凰為「鳳皇」，這種鳥生活在丹穴山，牠的樣子像雞，身上長有五彩的花紋，腦袋上的花紋呈「德」字，翅膀上的花紋呈「順」字，鳥背上的花紋呈「義」字，胸上的花紋呈「仁」字，腹部的花紋呈「信」字。這種鳥自在地飲食，自由地歌舞，被人們視作音樂和歌舞的精靈。「飲食自然，自歌自舞」的狀態，想必是古人心中和諧、本真的生活本質的縮影。所以，鳳凰出現，天下安寧。

【顒】

又東四百里，曰令丘之山，無草木，多火。其南有谷焉，曰中谷，條風自是出。有鳥焉，其狀如梟，人面四目而有耳，其名曰顒（音余），其鳴自號也，見則天下大旱。

注解

顒是一種像梟的鳥類，生活在令丘山，面孔如人，共有四隻眼睛，還長有耳朵。顒的出現會招致天下大旱。明朝萬曆天啟年間的首輔大臣朱國楨，在其作品《湧幢小品》中有這樣的記載：「萬曆壬辰，顒鳥集豫章，人面四目有耳，其年夏無雨，田禾盡枯。」這一記載講述的就是關於顒的一個小故事，在萬曆壬辰年（一五九二年）的夏天，成群結隊的鳥兒出現在豫章這個地方，如同趕集一般。這些鳥兒「人面四目有耳」，與《山海經》所記載顒的特徵完全一致。果不其然，那年夏天，當地真的沒有降過一滴雨水，百姓的莊稼全都枯死了。

觀山海

卷二・西山經

〈西山經〉介紹了以錢來山、鈐山、崇吾山及陰山為首的西方四大山系的地貌礦藏和神獸珍禽。其中記載的山脈無論在現實中還是在神話裡都可謂名山，而關於峚山、鍾山、玉山、崑崙山等的描述更是洋溢著浪漫神話色彩，耳熟能詳的神話人物如黃帝、西王母、白帝少昊等在這裡都可見他們的蹤影，以及他們最本初的身形。西方四大山系共計七十七列山脈，行經一萬七千五百一十七里。

【玃如】

（皋塗之山）有獸焉，其狀如鹿而白尾，馬足人手而四角，名曰玃（音絕）如。

注解

皋塗山物產豐饒，草長鶯飛，桂木成蔭，同是薔水、塗水的發源地。玃如就生活在這青山秀水之間，牠外形像鹿，頭有四角，身有四腳，前兩腳像人手，而後兩腳和馬腳無異，尾部呈現白色。

郭璞的《〈山海經〉圖贊》說：「玃如之獸，鹿狀四角。馬足人手，其尾則白。貌兼三形，攀木緣石。」從中可看到一個補充訊息，即玃如是一種善於攀緣木石的動物。根據這些描述，玃如與四角羚的外形大致吻合。四角羚兼有鹿、馬的一些特徵，頭上長著一長一短兩對角，長的一對在耳前，短的一對在額上，其腹部和四肢的內側為白色，有的四角羚尾部的局部毛色也呈白色。

【數斯】

（皋塗之山）有鳥焉，其狀如鴟而人足，名曰數斯，食之已癭。

注解

數斯是一種鳥類，樣子看起來像鴟（現多認為鴟是鷂鷹），長著如人類一般的腳。古時某些地方的人，由於生理知識的缺乏，可能對「碘」的攝取量不夠，碘是人體所需的重要元素，缺碘會患上一些疾病，比如脖子上出現甲狀腺腫塊，在中醫裡，這種腫塊被稱作「癭」。傳說數斯是癭患者的救星，食用數斯的肉就可醫治該病。

蔥聾

鴟

【蔥聾】

（符禺之山）其獸多蔥聾，其狀如羊而赤鬣。

注解

符禺山生活著成群結隊的蔥聾，這種動物像羊，脖子上長著長而密的紅毛。

符禺山富集著金屬礦石，山南多銅，山北多鐵。山中長有一種木本植物，名為文莖，文莖樹上會結出像棗子一樣的果實，耳聾的人吃下文莖果，可以恢復聽力。山中的條草也是藥材，條草的外形像葵菜，開紅花，結黃果，果實就像嬰兒的舌頭，人吃了可以免於迷惑。

鴖

（符禺之山）其鳥多鴖（音民），其狀如翠而赤喙，可以禦火。

注解

符禺山上的鳥以鴖鳥為主，這種鳥長得像翠鳥，嘴巴是紅色的，把牠養在身邊可以防禦火災。

鸓

又西二百里，曰翠山，其上多椶枏（音南），其下多竹箭，其陽多黃金、玉，其陰多旄牛、麢（音零）、麝。其鳥多鸓（音磊），其狀如鵲，赤黑而兩首、四足，可以禦火。

注解

翠山的叢林間，到處都可見到鸓在飛舞。鸓的身體類似於鵲鳥，羽毛呈紅黑兩色，鸓有兩個頭和四隻腳，將其養在家中，可以防禦火災。禦火是古時人們很重視的一件事情，《山海經》中也頻頻提到可以禦火的動物，如鰼鰼魚、竊脂、䑏鵌等。

在《說文》、《陶弘景曰》、《李時珍曰》等多部文獻中，鸓多指飛鼠，樣子可能和蝙蝠差不多，毛呈紫色，體型較大，翅膀和尾部有膜連接二者。鸓晝伏夜出，可以飛行，但不能垂直往上飛。

【鸞鳥】

西南三百里，曰女牀之山，其陽多赤銅，其陰多石涅，其獸多虎豹犀兕。有鳥焉，其狀如翟而五采文，名曰鸞鳥，見則天下安寧。

注解

鸞鳥棲息於女牀山，牠的出現也預示著天下安寧。鸞鳥像是長尾的野雞，但身上有著五彩的花紋。鸞鳥和鳳凰有著千絲萬縷的聯繫，一說鸞鳥是未成熟的鳳，一說鸞鳥是鳳的別稱，又一說鸞鳥和鳳是不同種類的瑞鳥，鳳的地位更高，鸞鳥的地位較低。

傳說罽（音計）賓王（罽賓為漢時西域的一個國家）捕獲過一隻鸞鳥，罽賓王特別喜愛牠。但這隻鸞鳥自從被捕獲後，就一聲不吭，罽賓王和周圍的人用盡各種辦法，甚至以黃金為籠，以山珍海味為食，堅持了三年，鸞鳥還是不鳴叫。後來，罽賓王的夫人聽說鸞鳥見到自己的同類才會發聲，故建議把鸞鳥放到鏡子面前試一試。罽賓王聽從了夫人的建議，沒想到鸞鳥見到鏡中的自己，真的發出了哀鳴，聲音響徹九霄之上，最後悲憤而亡。這一故事見於《太平御覽》，是後世詩人常引用的典故，借鸞鏡來表達哀怨悲戚之情。

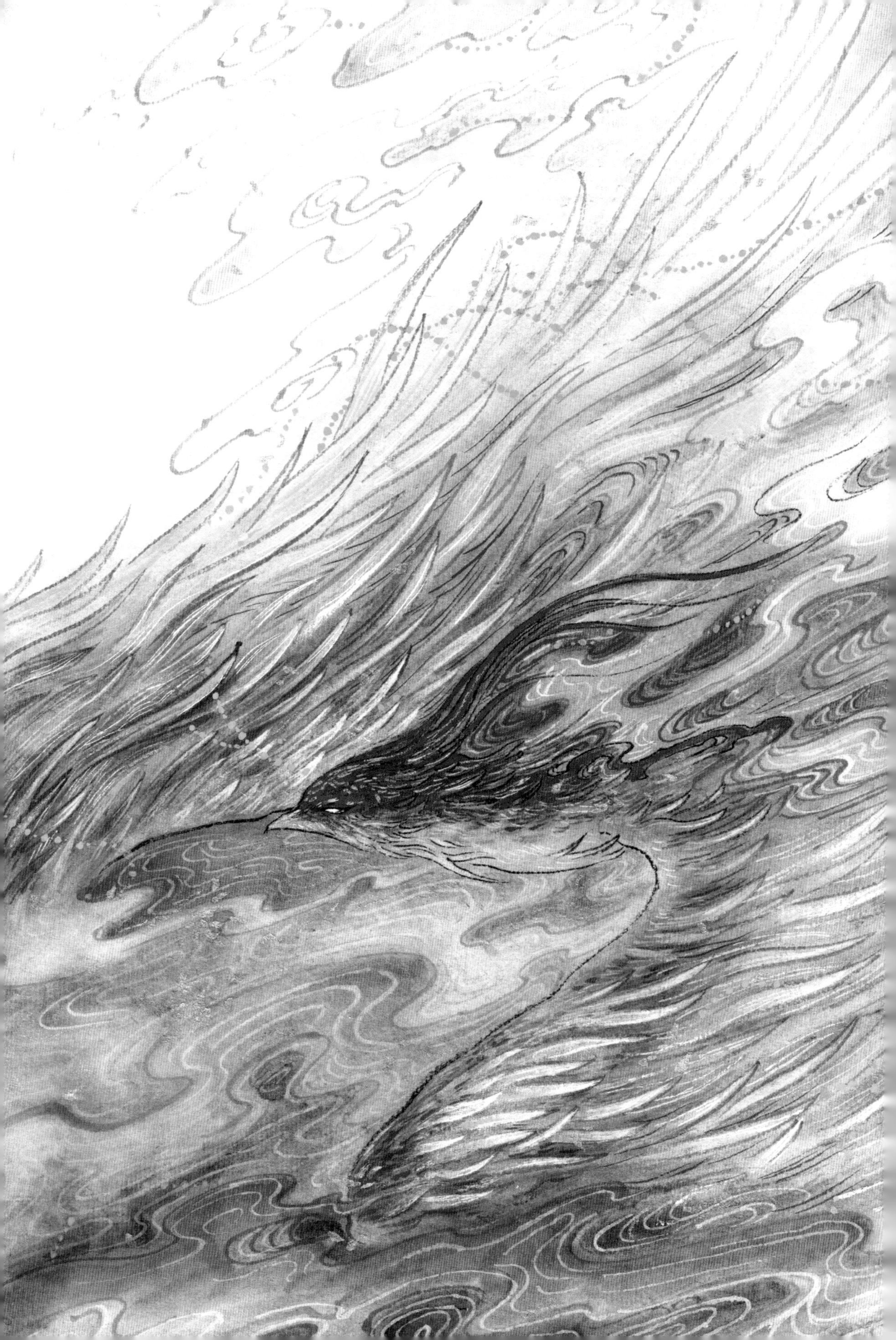

【朱厭】

又西四百里，曰小次之山，其上多白玉，其下多赤銅。有獸焉，其狀如猿，而白首赤足，名曰朱厭，見則大兵。

注解

朱厭是《山海經》中比較貼近現實形象的異獸，牠如同白首赤足的猿。牠的出現可並不是什麼好事，這意味著世間將有大規模的戰爭爆發。無獨有偶，《山海經．中山經》中的雍和，其模樣也像猿，赤目赤喙黃身，和朱厭一樣，雍和的出現也預示著災難。

【蠻蠻】

（崇吾之山）有鳥焉，其狀如鳧，而一翼一目，相得乃飛，名曰蠻蠻，見則天下大水。

注解

蠻蠻也被認為是比翼鳥，是崇吾山中一種像野鴨子的鳥類，單隻蠻蠻僅有一隻翅膀和一個眼睛，只有當兩隻蠻蠻併在一起時，才能飛翔。古人將比翼鳥視作成雙成對、不離不棄的美好愛情的象徵，卻往往忽視了比翼鳥的出現是大凶之兆，預示著天下即將有水災。

《山海經·西山經》記載著一種與蠻蠻同名的野獸，牠們生活在洛水中，身子像老鼠，頭部像鱉的腦袋，叫聲如同犬吠。

【鼓】

又西北四百二十里，曰鍾山。其子曰鼓，其狀人面而龍身，是與欽䲹（音皮）殺葆江于昆侖之陽，帝乃戮之鍾山之東曰䍶崖。欽䲹化為大鶚，其狀如雕，而黑文白首，赤喙而虎爪，其音如晨鵠，見則有大兵；鼓亦化為鵕（音俊）鳥，其狀如鴟，赤足而直喙，黃文而白首，其音如鵠，見則其邑大旱。

注解

鍾山山神燭陰，人面蛇身，通體赤色，身長千里。而燭陰的兒子，名字叫做鼓，長有人面龍身。鼓和欽䲹同謀，把葆江殺死在崑崙山的南面，天帝知曉此事後，在鍾山東面的䍶崖，將兇手鼓和欽䲹處決。

欽䲹死後化作大鶚，樣子如同雕，白首赤喙，身上還有黑色的紋路，爪子像虎爪一樣，叫聲和晨鵠的鳴叫相似。而鼓變化為鵕鳥，外形像鴟鷹，白首直喙赤足，鳥身可見黃色的斑紋，鳴叫聲聽起來像鴻鵠。這兩種鳥類都是災禍的預兆，前者出現，說明即將有大戰爆發；後者出現，其所在之處不久將發生嚴重的旱災。

【文鰩魚】

又西百八十里，曰泰器之山，觀水出焉，西流注于流沙。是多文鰩魚，狀如鯉魚，魚身而鳥翼，蒼文而白首赤喙，常行西海游于東海，以夜飛。其音如鸞雞，其味酸甘，食之已狂，見則天下大穰（音瓤）。

注解

還記得北京奧運會的吉祥物福娃貝貝嗎？那個藍色的胖娃娃，其設計原型便是文鰩魚。

文鰩魚是個好動的傢伙，喜歡在西海和東海間暢游，夜間還會躍出水面飛行。發源於泰器山的觀水，其中就有大量的文鰩魚，牠的魚身似鯉魚，卻有鳥的翅膀，這樣的身體構造有助於夜間的飛行。牠身上有青斑，白首赤喙，叫聲如同鸞雞。文鰩魚肉質酸中帶甜，若得而食之，可治療癲狂病。文鰩一現，五穀豐登。

《歙州圖經》中記載：「歙州赤嶺下有大溪，俗傳昔有人造橫溪魚梁，魚不得下，半夜飛從此嶺過。其人遂於嶺上張網以捕之。魚有越網而過者，有飛不過而變為石者。今每雨，其石即赤，故稱赤嶺，而浮梁縣得名因此。」據說，這個故事中石化的魚便是文鰩魚。

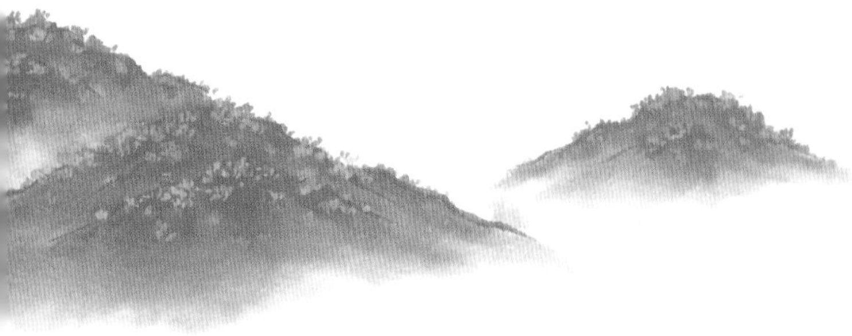

【英招】

（槐江之山）實惟帝之平圃，神英招（音勺）司之，其狀馬身而人面，虎文而鳥翼，徇于四海，其音如榴。南望昆侖，其光熊熊，其氣魂魂。西望大澤，后稷所潛也。其中多玉，其陰多榣木之有若。北望諸毗，槐鬼離侖居之，鷹鸇（音沾）之所宅也。東望恒山四成，有窮鬼居之，各在一搏。

注解

天帝有個美麗的園圃，這個園圃位於槐江山一帶，這裡可謂一方風水寶地。向南望去，崑崙山氣勢巍峨，掩映在燦爛的光輝之中；向西望去，那是周族的始祖后稷的安息之地——大澤；向北望去，是槐鬼離侖居住的諸毗山，同時這裡也是鷹鸇的居所；向東望去，可以看到恒山共有四重，名號為「窮」的鬼都聚居在這裡。

神英招管理著天帝的園圃，他人面馬身，身上布滿了老虎的斑紋，身側有翅膀，發出聲音時彷彿有人在抽水。空閒時，英招喜歡巡遊四海。

【天神】

（槐江之山）爰有瑤水，其清洛洛。有天神焉，其狀如牛，而八足二首馬尾，其音如勃皇，見則其邑有兵。

注解

這裡的「天神」不是指天上的諸神，而是槐江山中如牛一般的野獸，八足二首，尾巴似馬尾。天神的聲音就像是演奏管樂器發出的樂音，但這樂音，帶來的並不是祥和太平的生活，而是戰亂之災。

【陸吾】

西南四百里，曰昆侖之丘，實惟帝之下都，神陸吾司之。其神狀虎身而九尾，人面而虎爪，是神也，司天之九部及帝之囿時。

注解

崑崙山是神話傳說中天帝在人間的都城，崑崙山上有神，還有各類奇異動物和植物。陸吾是掌管崑崙山的神，是天帝手下握有實權的得力幹將，不僅掌控天帝園林中畜養禽獸的時節，還要管理天之九部即整個宇宙。陸吾身體似虎，面容如人，長著老虎的爪子，有九條尾巴。

關於崑崙山，《山海經．海內西經》說其位於海內西北方向，是諸神聚集的地方，沒有一定修為的閒雜人等不可能踏上崑崙山，因為山每一面的門都由開明獸守衛。開明獸「大類虎而九首，皆人面」，據神話學家袁珂考證，開明獸就是陸吾。

【土螻】

（昆侖之丘）有獸焉，其狀如羊而四角，名曰土螻，是食人。

注解

崑崙山上有一種食人怪獸，名為土螻，牠的樣子像四角山羊。

【欽原】

（昆侖之丘）有鳥焉，其狀如蜂，大如鴛鴦，名曰欽原，蠚（音呵）鳥獸則死，蠚木則枯。

注解

崑崙山上的毒鳥欽原，樣子像蜜蜂，體型卻如鴛鴦一般大小。鳥獸若被牠螫了，會立即死亡，即便是草木，被牠螫了也會迅速枯萎。

崑崙山上，各類鳥獸都具備奇異技能，或許是為了更嚴密守衛這座神山。不僅如此，崑崙山周圍的自然環境，也成為這座神山的天然屏障。《山海經．大荒西經》描述說，崑崙山下有弱水之淵環繞，山外更有炎火之山阻隔，是普通人無法接近的地方。從《山海經》即可窺見，崑崙山在古人心中地位崇高，後來人更將其尊為萬山之祖、中極天梯等，許多神話故事都和崑崙山有一定關聯。

【長乘】

西水行四百里，流沙二百里，至于蠃（音裸）母之山，神長乘司之，是天之九德也。其神狀如人而犳（音卓）尾。其上多玉，其下多青石而無水。

注解

長乘是掌管蠃母山的神，他凝聚了天的九德之氣。長乘和人的樣子差不多，長有犳尾。

《水經·河水注》記載，大禹向西趕路，到了洮水附近時，他遇到了「長人」，此人贈予了大禹一塊黑玉（現有更多《水經注》版本認為，「長人」授予大禹的是黑玉書，而非黑玉），清代著名的訓詁學家郝懿行猜測，當時大禹所遇的「長人」，便是這位叫做「長乘」的神。然而，《史記》所講述的大禹受黑玉的故事，則是另外一個版本。《史記》稱黑玉為「玄珪」，是舜賞賜予大禹之物，用以表彰大禹治理水患，造福天下人的偉大功績。

【西王母】

又西三百五十里，曰玉山，是西王母所居也。西王母其狀如人，豹尾虎齒而善嘯，蓬髮戴勝，是司天之厲及五殘。

注解

西王母居於玉山，其大致的模樣看起來像人，頭髮蓬散，戴著玉勝頭飾，長著豹尾和虎齒，其咆哮聲可穿雲裂石。西王母掌管著災害疫病和刑罰殘殺。

《山海經》所展現的西王母略微狂野，不論是其外貌、打扮還是職責，無不透著主刑殺的凶神氣場。之後，西王母逐漸演變成了掌握不死藥的「人神」，嫦娥奔月的故事中，嫦娥所偷吃的不死藥，便是后羿從西王母處求得的。後來，在道教經典中，西王母代表了始陰之氣，和東王公代表的始陽之氣，形成陰陽二氣，孕育萬物，成為天地尊神。再後來，西王母被道教尊為「洞陰之極尊」、「女仙之尊」、道教經典《三洞經書》的傳授者，擁有至高無上的權威。最後，西王母融合了無生老母的形象和特質，被人們尊為「瑤池金母」。《西遊記》中的「王母娘娘」也是指西王母。

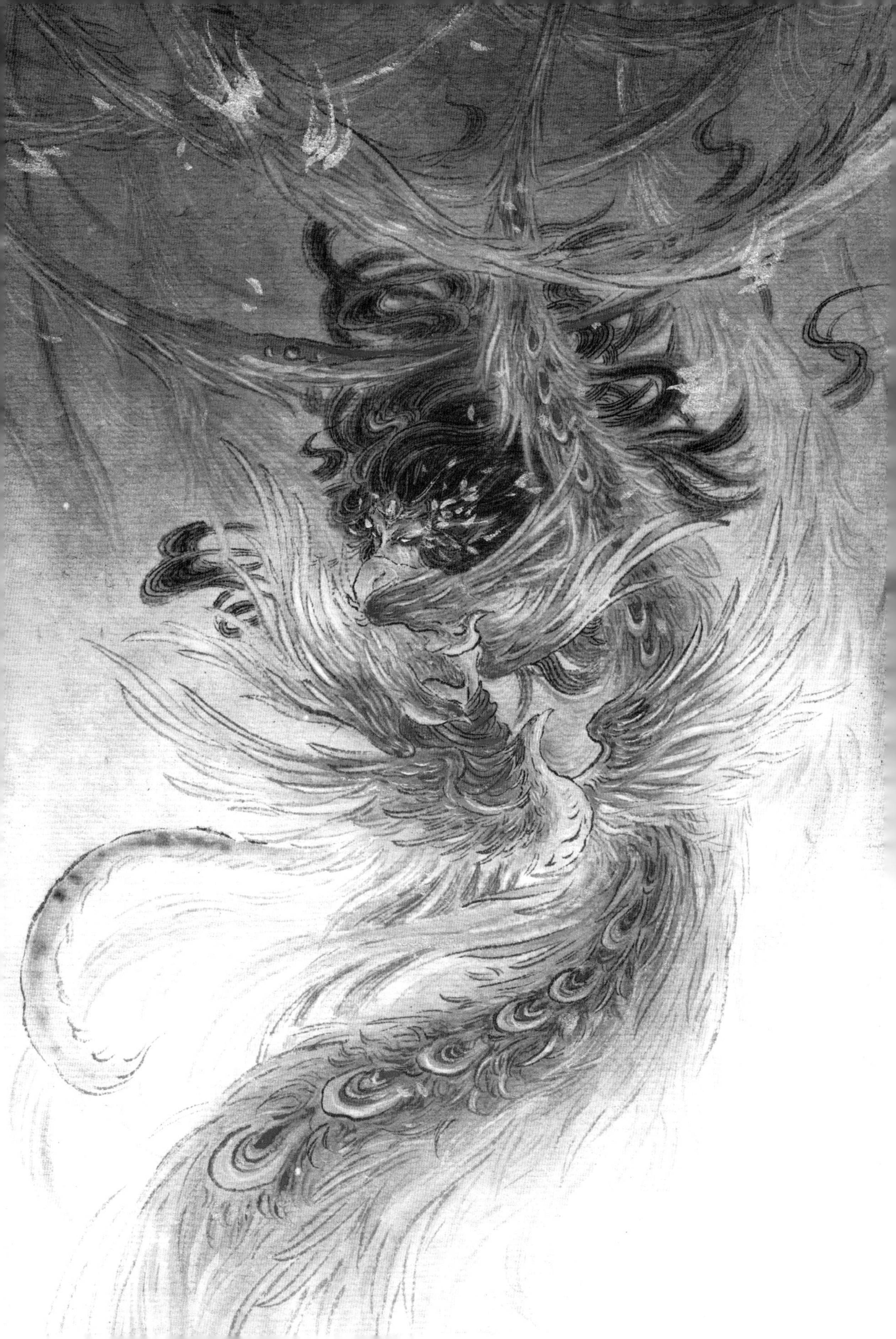

【狡】

（玉山）有獸焉，其狀如犬而豹文，其角如牛，其名曰狡，其音如吠犬，見則其國大穰。

注解

狡的樣子像狗，叫聲也和狗叫相似，但身上布滿了豹的斑紋。狡是一種瑞獸，牠所出現的國家，定會迎來大豐收。

《說文》將「狡」解釋為少狗，即小狗的意思。據記載，匈奴的領地上有一種犬類，嘴巴巨大，渾身漆黑（也有說通體赤紅），此犬名字就叫做狡犬。

【猙】

又西二百八十里，曰章莪（音鵝）之山，無草木，多瑤碧。所為甚怪。有獸焉，其狀如赤豹，五尾一角，其音如擊石，其名曰猙。

注解

章莪山中的猙，像紅色的豹子，頭上豎著一隻角，身後長有五條尾巴，牠的聲音彷彿是石頭相互撞擊之聲。

【畢方】

（章莪之山）有鳥焉，其狀如鶴，一足，赤文青質而白喙，名曰畢方，其鳴自叫也，見則其邑有訛火。

注解

章莪山中還有一種叫畢方的鳥，外形如鶴，只有一隻腳，羽毛的底色是青色的，上有紅色花紋，喙為白色，這種鳥的叫聲就像「畢方」這兩個字的讀音。畢方所到之處，總有火災發生，並且，火災的發生十分蹊蹺，人們搞不清楚導致火災的因素。

一些人視畢方為樹木所生之物，尊其為木神。但在另一些人眼中，火災並非搞不清楚原因，畢方就是罪魁禍首，是牠銜了帶火之物，到人們家中引發了火災。

唐代元和七年（八一二年）夏季，永州地區火災頻發，老弱之人死傷無數，百姓無處安身。即便是家中還未遭受火災的人，也只能坐在屋頂上，緊盯著周圍的情況，唯恐怪火燒及自己的家。大家都傳言這接連的火災是一種怪鳥所為。大詩人柳宗元認為這怪鳥便是畢方，還曾專門撰文驅逐畢方。

【天狗】

又西三百里，曰陰山。濁浴之水出焉，而南流注于蕃澤，其中多文貝。有獸焉。其狀如狸而白首，名曰天狗，其音如榴榴，可以禦凶。

注解

《山海經》中的天狗，和狸貓長得很像，牠的頭部是白色的，叫聲也和貓叫聲差不多，牠能夠助人逢凶化吉。民間常把月食稱作「天狗食月」，食月的天狗是月中凶神，《協紀辨方書》記載道：天狗出現之日，忌諱祭祀鬼神和祈求福願。人們認為燃放鞭炮、敲鑼打鼓等巨大的聲響可以嚇跑天狗。

此外，天狗在古代也是流星或者彗星的代稱，《漢書》、《宋書》等古籍對流星墜落時和墜落後的情景都有過細緻的描寫，都認為這是天狗墜地，和《山海經》中天狗的寓意迥然不同，這些古籍認為天狗乃是大凶之兆，牠出現在某地，當地人民將會有大禍臨頭。

【傲㹌】

又西二百二十里，曰三危之山，三青鳥居之。是山也，廣員百里。其上有獸焉，其狀如牛，白身四角，其毫如披蓑，其名曰傲㹌（音傲椰），是食人。

注解

三危山方圓百里，但人跡罕至，山上的傲㹌有食人的習性，牠的樣子像腦袋上長有四隻角的白牛，身上的毛髮又長又硬，看上去像是披了一件蓑衣。

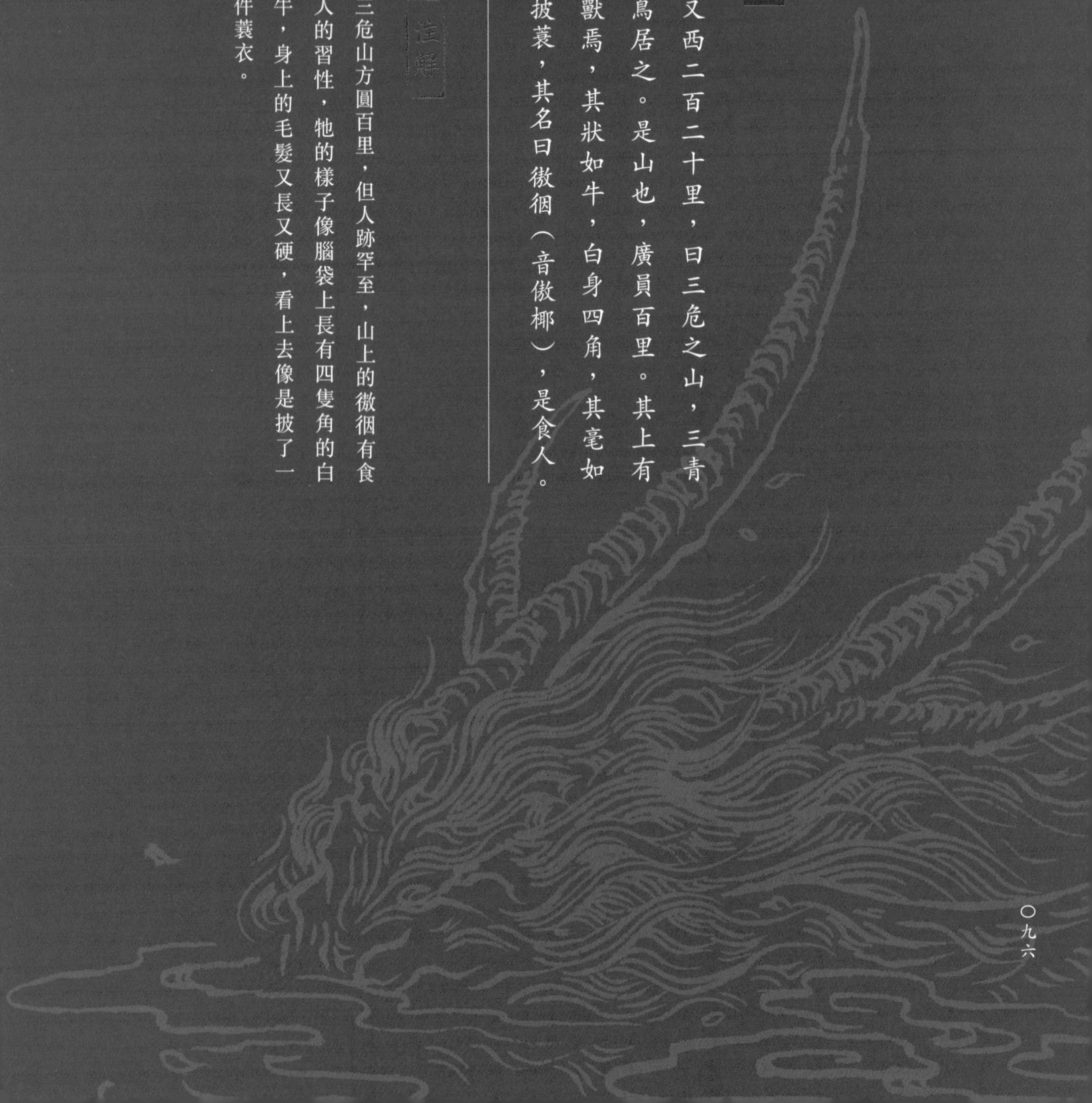

【鴟】

（三危之山）有鳥焉，一首而三身，其狀如鸈（音洛），其名曰鴟。

注解

鴟和徼徊共居於三危山，其身體構造奇特，一頭三身，可以識別的身體部分和鸈類似。而鸈這種鳥，有的版本認為，就是棲息於天帝山的櫟，模樣像雕，身上大部分的羽毛有黑色的紋理，頸部羽毛為紅色。

「鴟」在《山海經》中頻繁出現，如〈西山經〉中說到，鍾山山神燭陰的兒子鼓，因作惡而被天帝誅殺，死後化作鵕鳥，鵕鳥的外形就幾乎和鴟相同；又如〈東山經〉所描寫的犰狳，其眼睛如同鴟的眼睛；再如〈中山經〉中記載的脩辟魚，叫聲類似於鴟鳴。經書中頻頻用「鴟」來說明其他鳥獸的特徵，可大膽推測鴟在當時是一種比較常見的、真實存在的動物，現在多認為鴟是鷂鷹。

【帝江】

又西三百五十里，曰天山，多金玉，有青、雄黃。英水出焉，而西南流注于湯谷。有神焉，其狀如黃囊，赤如丹火，六足四翼，渾敦無面目，是識歌舞，實惟帝江（音鴻）也。

注解

帝江是天山上的神，懂得歌舞。這個神長得像個黃色的口袋，但又赤紅得如同火焰，有六隻腳和四隻翅膀，他整個面部一團模糊，完全辨不出五官。

在《莊子．應帝王》中，有這樣一則趣事：遠古時有三位天帝，分別是：南海之帝，名為儵；北海之帝，名為忽；還有中央之帝，名為混沌。有一次，儵和忽相遇在混沌處，混沌熱情周到地款待了他們。他們尋思著要報答混沌的恩德，二人討論道，每個人都有七竅，所以看得見、聽得清、會飲食、能呼吸，但混沌偏偏一竅也沒有。所以二人每天為混沌開鑿一竅，鑿完七竅後，混沌竟然死了。不知大家是否察覺，混沌與帝江有諸多相似之處。實際上，按多本古籍的說法，帝江也作帝鴻，也就是黃帝，黃帝正是中央天帝，故帝江即為混沌。

【讙】

西水行百里，至于翼望之山，無草木，多金玉。有獸焉，其狀如狸，一目而三尾，名曰讙（音歡），其音如奪百聲，是可以禦凶，服之已癉（音但）。

注解

翼望山寸草不生，但有一種獸類——讙，能在這裡生存下去。看上去是狸貓的模樣，只有一隻眼睛，有三條尾巴，牠一發聲就完全掩蓋了其他所有的聲響。可讓人免於災禍，吃了牠的肉可以治癒黃疸病。

有人推測其實就是獾，這種動物與狸貓有幾分相似，身上有著黑灰混雜的毛色，頭部則為黑白相間的紋路，較之於狸貓，獾的嘴部更為細長。這種動物廣泛分布於亞洲和歐洲。

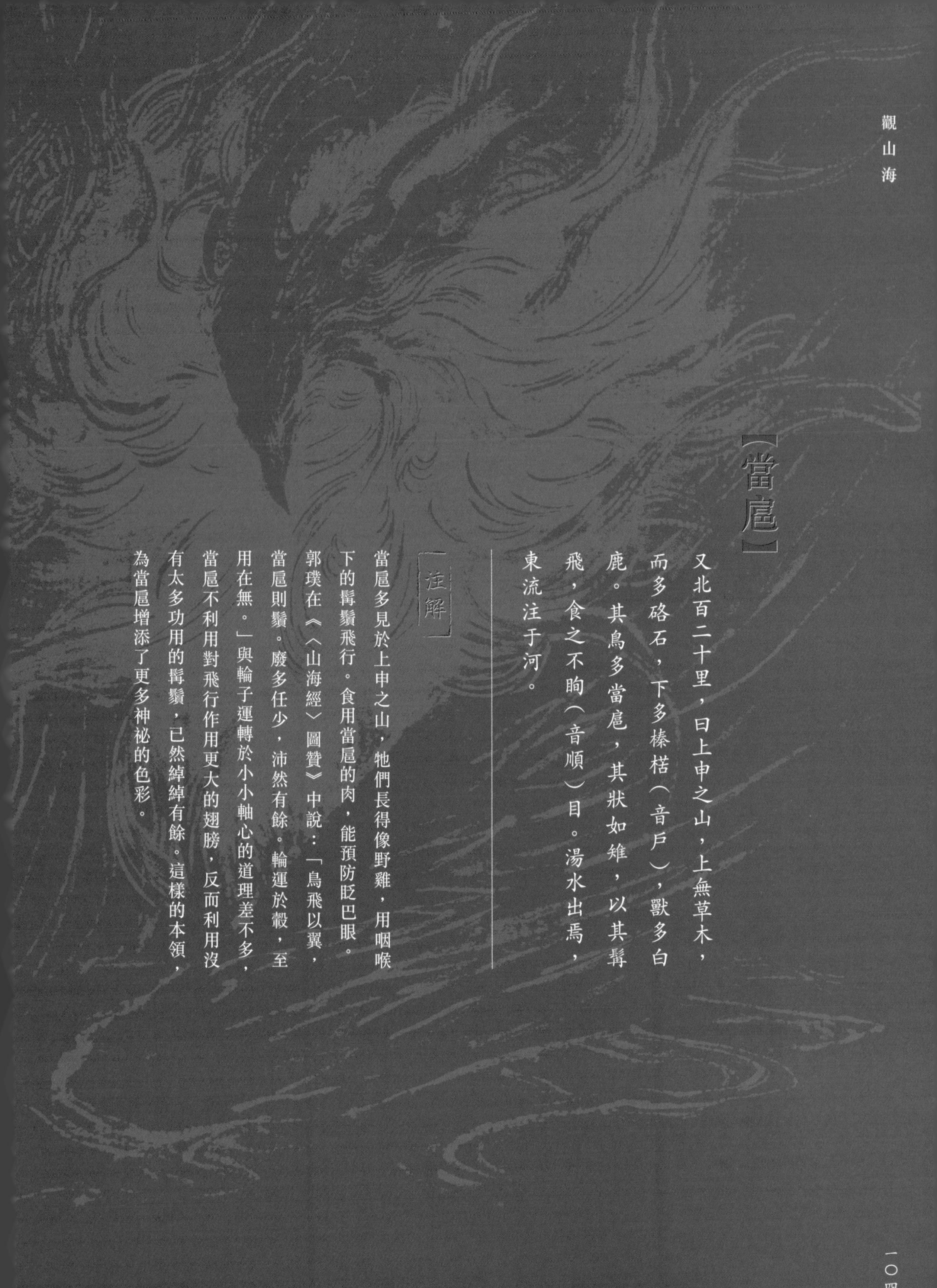

【當扈】

又北百二十里，曰上申之山，上無草木，而多硌石，下多榛楛（音戶），獸多白鹿。其鳥多當扈，其狀如雉，以其髯飛，食之不眴（音順）目。湯水出焉，東流注于河。

注解

當扈多見於上申之山，牠們長得像野雞，用咽喉下的髯鬚飛行。食用當扈的肉，能預防眨巴眼。郭璞在《〈山海經〉圖贊》中說：「鳥飛以翼，當扈則鬚。廢多任少，沛然有餘。輪運於轂，至用在無。」與輪子運轉於小小軸心的道理差不多，當扈不利用對飛行作用更大的翅膀，反而利用沒有太多功用的髯鬚，已然綽綽有餘。這樣的本領，為當扈增添了更多神祕的色彩。

【冉遺魚】

又西三百五十里，曰英鞮（音低）之山，上多漆木，下多金玉，鳥獸盡白。涴（音淵）水出焉，而北流注于陵羊之澤。是多冉遺之魚，魚身蛇首六足，其目如馬耳，食之使人不眯，可以禦凶。

注解

冉遺魚在涴水中生存繁衍，該魚長著蛇頭和六隻腳，眼睛的形狀像駿馬的耳朵。人們視這種魚為祥魚，因為人吃了這種魚，不僅可以遠離夢魘，還可避免遭遇凶險之事。

【駮】

又西三百里，曰中曲之山，其陽多玉，其陰多雄黃、白玉及金。有獸焉，其狀如馬，而白身黑尾，一角，虎牙爪，音如鼓，其名曰駮（音博），是食虎豹，可以禦兵。

注解

中曲山上的駮，像一匹白馬，唯獨尾巴是黑色的。駮的頭上長著一隻角，有著老虎那樣的牙齒和爪子，牠的叫聲如同擊鼓聲。駮是十分凶悍的野獸，能捕食老虎和豹子，還能抵禦兵器的傷害。

傳說齊桓公有一次正騎著馬，有一隻老虎忽然躥了出來，望見齊桓公後竟然立即伏在了地上，絲毫不敢前行。齊桓公大為不解，於是便將當日之情形告訴管仲，詢問管仲是何緣故。管仲猜測齊桓公騎乘的那匹馬，當時正迎著太陽奔馳。對此，齊桓公予以肯定。管仲解釋道：齊桓公所騎的馬，在當時的情境，看起來就像是一隻駮，駮會捕食虎豹，所以老虎自然害怕了。

【孰湖】

西南三百六十里，曰崦嵫（音煙資）之山，其上多丹木，其葉如穀，其實大如瓜，赤符而黑理，食之已癉，可以禦火。其陽多龜，其陰多玉。苕水出焉，而西流注于海，其中多砥礪。有獸焉，其狀馬身而鳥翼，人面蛇尾，是好舉人，名曰孰湖。

注解

崦嵫山是孰湖的棲息地，孰湖的身形像馬，面龐和人一樣，身上長有鳥翅和蛇尾。

孰湖和槐江山的英招幾乎出自同一個模版，兩者都是馬身人面，長有鳥翼，不同之處在於英招身上有虎紋，沒有蛇尾。二者的樣子雖然相像，但論起英招的地位和技能，孰湖可以說難以望其項背。英招被尊為神，掌管天帝園圃，還能在四海內巡遊，而孰湖只是喜歡將人舉起。

【人面鴞】

（崦嵫之山）有鳥焉，其狀如鴞而人面，蜼（音位）身犬尾，其名自號也，見則其邑大旱。

注解

崦嵫山有一種鳥，整體看上去像貓頭鷹的樣子，但是長著人面、猴身和狗尾，叫聲聽起來像是在呼喊自己的名字。人面鴞出現之處，旱魃將為虐。

人面鴞和孰湖所在的崦嵫山，在中國古代神話故事中，是一座非比尋常的山，這裡是太陽最終落下的地方，也是極其遙遠之地。屈原著名的大作《離騷》有曰：「吾令羲和弭節兮，望崦嵫而勿迫。路漫漫其修遠兮，吾將上下而求索。」實現理想的過程，就好比去往崦嵫山，道阻且長，但求索之心不改。

觀山海

卷三・北山經

〈北山經〉記載了北方三大山系，它們分別以單狐山、管涔山及太行山為首。〈北山經〉奇珍異獸頗多，但其神話色彩是諸山經中較為淡薄的，僅見的神話形象如鉤吾山的饕餮（狍鴞），發鳩山的精衛。這一卷較為鮮明的色彩是超現實，如文中多次出現的「食之已×」、「可以禦×」等治病防患之語，反映出先民追求美好生活的願望。北方三大山系共有八十七列山脈，長達二萬三千二百三十里。

【滑魚】

又北二百五十里，曰求如之山，其上多銅，其下多玉，無草木。滑水出焉，而西流注于諸毗之水。其中多滑魚，其狀如鱓（音善），赤背，其音如梧，食之已疣。

注解

人們可以在滑水中捕獲到滑魚，食用該魚可以治療一種叫瘊子的皮膚病。滑魚的樣子和鱔魚差不多，背部是紅色的，發出的聲音似槁梧之聲，即琴瑟樂音。

【水馬】

（滑水）其中多水馬，其狀如馬，而文臂牛尾，其音如呼。

【注解】

水馬也生活在滑水中，水馬長得像馬，前腿有花紋，尾巴像牛尾，發出聲音時像有人在大聲疾呼。

【山𤟤】

（獄法之山）有獸焉，其狀如犬而人面，善投，見人則笑，其名山𤟤（音灰），其行如風，見則天下大風。

注解

山𤟤，動作敏捷，行動如風。山𤟤一出現，便會大風四起。山𤟤的外形像狗，臉長成人的模樣，投擲是牠所擅長的技能，遇到人，牠還會開心地笑出來。

䑏疏

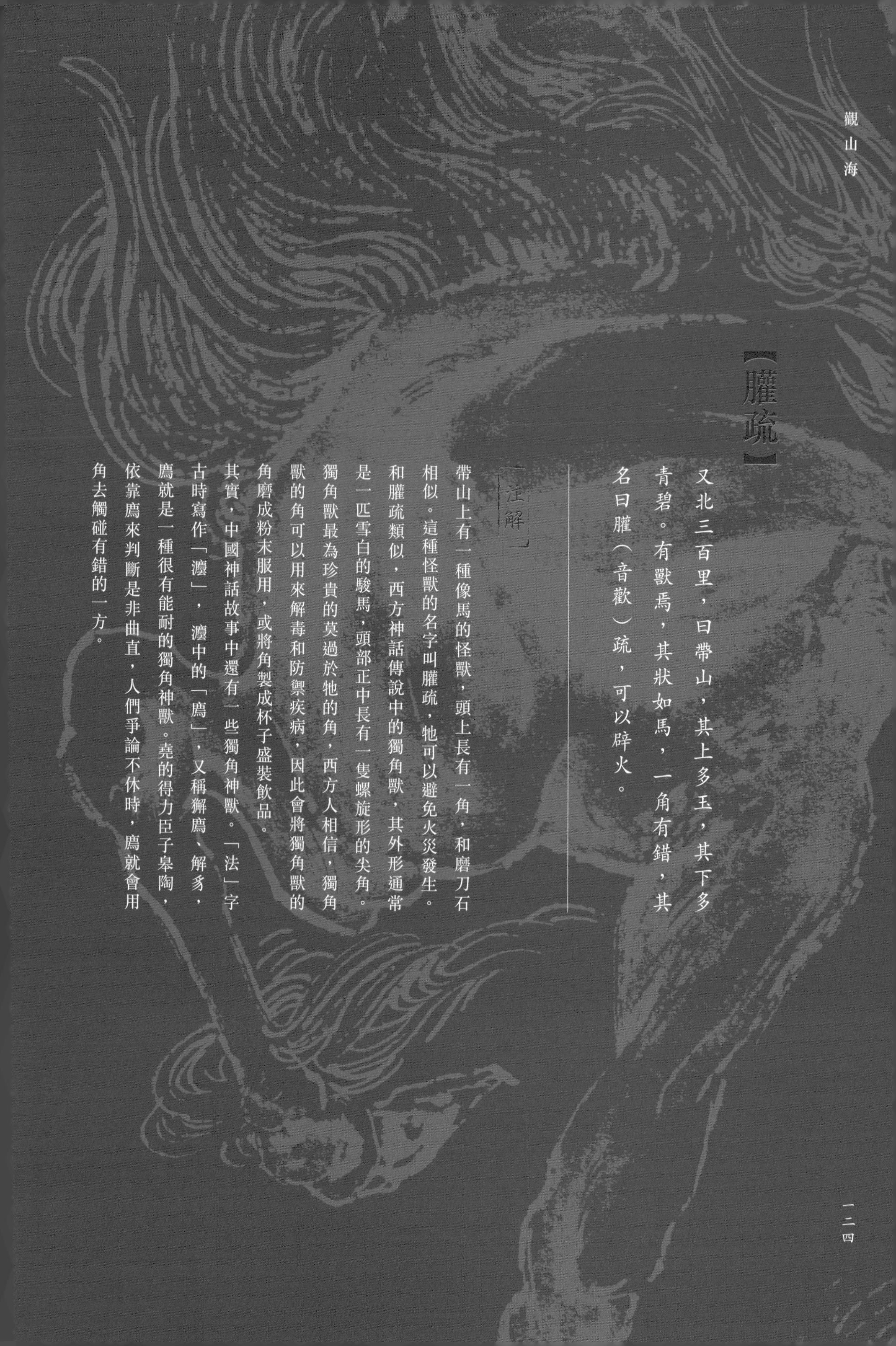

【䑏疏】

又北三百里，曰帶山，其上多玉，其下多青碧。有獸焉，其狀如馬，一角有錯，其名曰䑏（音歡）疏，可以辟火。

注解

帶山上有一種像馬的怪獸，頭上長有一角，和磨刀石相似。這種怪獸的名字叫䑏疏，牠可以避免火災發生。

和䑏疏類似，西方神話傳說中的獨角獸，其外形通常是一匹雪白的駿馬，頭部正中長有一隻螺旋形的尖角。

獨角獸最為珍貴的莫過於牠的角，西方人相信，獨角獸的角可以用來解毒和防禦疾病，因此會將獨角獸的角磨成粉末服用，或將角製成杯子盛裝飲品。

其實，中國神話故事中還有一些獨角神獸。「法」字古時寫作「灋」，灋中的「廌」，又稱獬廌、解豸，廌就是一種很有能耐的獨角神獸。堯的得力臣子皋陶，依靠廌來判斷是非曲直，人們爭論不休時，廌就會用角去觸碰有錯的一方。

【儵魚】

（帶山）彭水出焉，而西流注于芘湖之水，其中多儵（音條）魚，其狀如雞而赤毛，三尾六足四首，其音如鵲，食之可以已憂。

注解

儵魚穿梭游弋於彭水之中，這種魚像紅羽的雞，魚身上有三條尾巴、六隻腳和四個頭，發出的聲音與喜鵲的叫聲相似。

現在儵魚多指白鰷魚，是一種常見的可食用魚類。當年莊子和惠子在濠梁之上遊玩時，看到儵魚出游從容，引發了「是魚之樂」和「子非魚，安知魚之樂」之辯。相信莊、惠二人當時所見的儵魚應該是白鰷魚，遇到的若是《山海經》中這四頭六腳三尾的怪物，怕是會大驚失色，再也沒有心思去爭論到底是誰之樂了。

【何羅魚】

又北四百里，曰譙明之山。譙水出焉，西流注于河。其中多何羅之魚，一首而十身，其音如吠犬，食之已癰。

注解

何羅魚多見於譙水，一首十身，叫聲如同犬吠。該魚有治療毒瘡的功效。

據《異魚圖贊》記載，何羅魚會化成休舊鳥，休舊鳥喜歡潛入人家中偷食糧食。有一次，休舊鳥在偷食時，被人所傷。從此以後，休舊鳥在晚上飛行時，總是把鳴叫聲拖得很長，如若聽聞舂米的聲音，就會一溜煙地逃跑。正是因為這些相似的特徵，後人把休舊鳥與鬼車聯繫在一起。鬼車又稱九頭鳥，最開始有十個腦袋，在悄悄潛入人的家中時，被看家的狗咬掉了一個腦袋，傷口一直都在滴血。鬼車的血滴到誰的家中，這家人就將有大禍臨頭。

透過休舊鳥，一首十身的何羅魚和十首一身的鬼車產生了關聯，所以明人王崇慶說：「何羅之魚，鬼車之鳥，可以並觀。」

【孟槐】

（譙明之山）有獸焉，其狀如貆（音環）而赤毫，其音如榴榴，名曰孟槐，可以禦凶。

注解

譙明山中不時傳出陣陣的響動，像是有人在山中抽水。後來人們發現，這種抽水一般的聲音，其實是由怪獸孟槐發出的。孟槐像紅毛的豪豬，牠可以助人遠離凶險之事。

孟槐名聲在外，禦凶辟邪，甚至不用其親自出馬，貼出孟槐的畫像即可達到同樣的效果，正如郭璞的《〈山海經〉圖贊》所說：「孟槐似貆，其豪則赤。列象畏獸，凶邪是辟。」或許正是因為孟槐能夠守護正義，所以這種野獸也被記錄在古時的「畏獸畫」中。

【鰼鰼魚】

又北三百五十里，曰涿光之山。囂水出焉，而西流注于河。其中多鰼鰼（音習）之魚，其狀如鵲而十翼，鱗皆在羽端，其音如鵲，可以禦火，食之不癉。

注解

鰼鰼魚，雖名為魚，但外形長得像喜鵲，叫聲也像喜鵲，有十隻翅膀，所有的魚鱗都集中在羽毛的頂端。將鰼鰼魚養在家中，可以防止火災發生；如果食用這種魚，還可以治療黃疸病。

古時候還有一種名為鰼魚的魚類，有一個民族把這種魚作為民族的圖騰來崇拜，這個民族被稱作鰼人，鰼人的石棺槨墓上雕刻有鰼魚圖，左右各一條，呈對稱排布。鰼魚生活的水域被命名為鰼水，鰼水也就是位於今天貴州西北部的習水，在習水流域鰼人曾經建立過鰼國。

卷三 北山经

一三三

【寓】

又北三百八十里，曰虢（音國）山，其上多漆，其下多桐椐。其陽多玉，其陰多鐵。伊水出焉，西流注于河。其獸多橐（音洛）駝，其鳥多寓，狀如鼠而鳥翼，其音如羊，可以禦兵。

注解

虢山中的鳥類多是寓。寓的外形像老鼠，長著鳥翅，叫聲像羊，這種動物能夠抵禦兵器的傷害。郝懿行云：「此經寓鳥，蓋蝙蝠之類，唯蝙蝠肉翅為異。」他認為寓鳥大概就是蝙蝠一類的動物，只是寓長的是鳥的翅膀，而蝙蝠為肉翅罷了。

【耳鼠】

又北二百里，曰丹熏之山，其上多樗（音初）柏，其草多韭薤（音謝），多丹雘。熏水出焉，而西流注于棠水。有獸焉，其狀如鼠，而菟首麋耳，其音如嘷犬，以其尾飛，名曰耳鼠，食之不𦢊（音彩），又可以禦百毒。

注解

耳鼠的樣子恍若老鼠，細看耳鼠，又彷彿長有兔子的腦袋和麋鹿的耳朵，其叫聲如犬吠。消腹部鼓脹可食用耳鼠，還可用耳鼠來抵禦百毒。

耳鼠可以用尾巴來飛行，讓人匪夷所思。對此，郝懿行說：「疑即《爾雅》鼯鼠夷由也，耳、鼯、夷並聲之通轉。其形肉翅連尾足，故曰尾飛。」他推測耳鼠應該就是鼯鼠。鼯鼠的飛膜將尾巴和前後肢都連起來了，可以依靠飛膜在叢林間滑行。

【孟極】

又北二百八十里，曰石者之山，其上無草木，多瑤碧。泚水出焉，西流注于河。有獸焉，其狀如豹，而文題白身，名曰孟極，是善伏，其鳴自呼。

注解

孟極善於隱藏埋伏，牠的樣子像豹子，身體大部分是白色的，額頭上有特殊的花紋。牠的名字來源於牠的叫聲。

有學者研究認為孟極是華北豹，因這種豹全身都有環形的斑點，故又被形象地稱作「金錢豹」。華北豹的確是善於隱蔽自己的高手：休息時，牠們潛伏在樹上或巢穴中；捕食時，牠們也是潛行著接近獵物。華北豹的各項特徵雖十分接近《山海經》對孟極的刻畫，但孟極全身白色這一特點仍無法解釋。

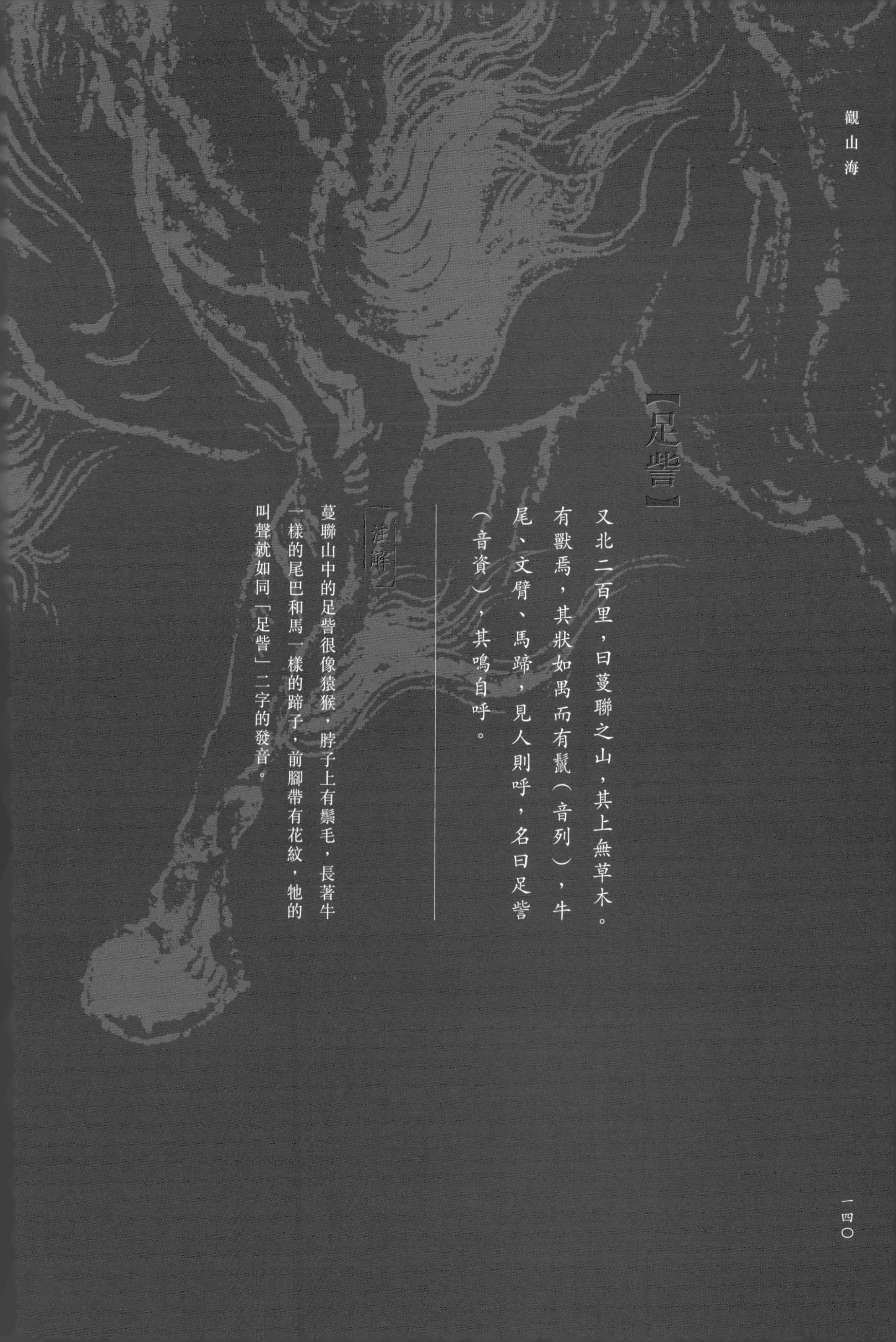

【足訾】

又北二百里，曰蔓聯之山，其上無草木。有獸焉，其狀如禺而有鬣（音列），牛尾、文臂、馬蹄，見人則呼，名曰足訾（音資），其鳴自呼。

【注解】

蔓聯山中的足訾很像猿猴，脖子上有鬃毛，長著牛一樣的尾巴和馬一樣的蹄子，前腳帶有花紋，牠的叫聲就如同「足訾」二字的發音。

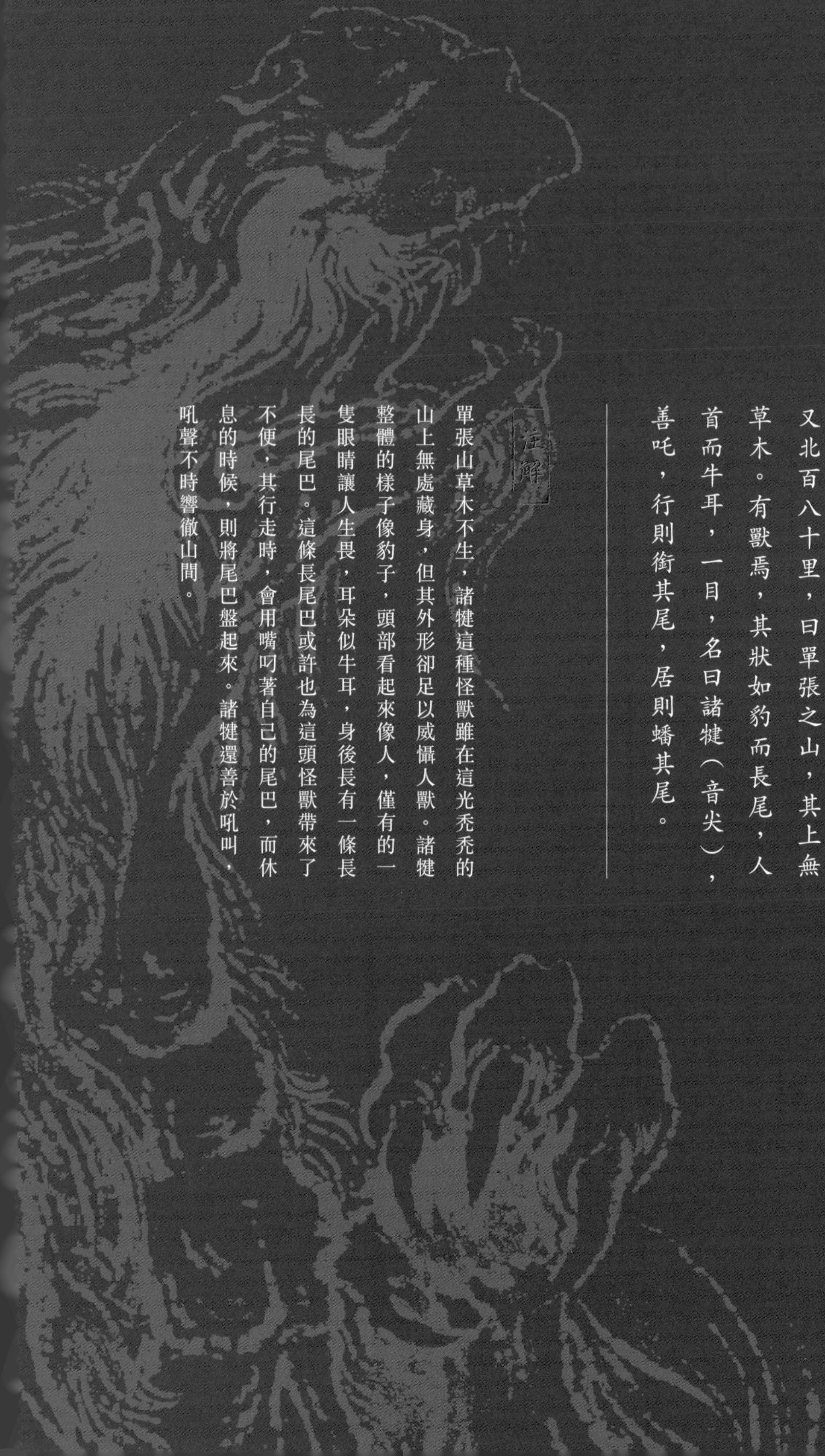

【諸犍】

又北百八十里，曰單張之山，其上無草木。有獸焉，其狀如豹而長尾，人首而牛耳，一目，名曰諸犍（音尖），善吒，行則銜其尾，居則蟠其尾。

注解

單張山草木不生，諸犍這種怪獸雖在這光禿禿的山上無處藏身，但其外形卻足以威懾人獸。諸犍整體的樣子像豹子，頭部看起來像人，僅有的一隻眼睛讓人生畏，耳朵似牛耳，身後長有一條長長的尾巴。這條長尾巴或許也為這頭怪獸帶來了不便，其行走時，會用嘴叼著自己的尾巴，而休息的時候，則將尾巴盤起來。諸犍還善於吼叫，吼聲不時響徹山間。

【竦斯】

又北三百二十里，曰灌題之山，其上多樗柘（音這），其下多流沙，多砥。有獸焉，其狀如牛而白尾，其音如訆（音叫），名曰那父。有鳥焉，其狀如雌雉而人面，見人則躍，名曰竦斯，其鳴自呼也。

注解

人們進入灌題山時，偶爾會遇到一種怪鳥，這種鳥長著人的面容，身體其他部分恍若雌性野雞，牠們見到人就會蹦蹦跳跳，其叫聲像是在呼喊自己的名字。

與這種蹦蹦跳跳、讓人感到歡快的人面竦斯相對應的，還有一種讓人須嚴肅對待的人面鳥——鳧徯（音西），牠們一出現，可能就有戰爭將要爆發。鳧徯見於《山海經．西山經》，鳧徯的樣子更像是雄雞，牠的名字也是模擬牠的鳴叫聲而來的。

〔長蛇〕

北二百八十里，曰大咸之山，無草木，其下多玉。是山也，四方，不可以上。有蛇名曰長蛇，其毛如彘豪，其音如鼓柝。

〔注解〕

大咸山寸草不生，長蛇就在這裸露的地表上蜿蜒前行。長蛇身上有長毛，這些長毛如同豬鬃。長蛇發出的聲音像是擊打木梆子產生的打更聲。

綜觀《山海經》，蛇是一個出現頻率相當高的物種。在山經部分，多數時候以蛇為原型，去描述或構想其他物象，這些物象幾乎都預示著災難，以旱災為甚，如渾夕山肥遺、錞于毋逢山大蛇、獨山絛蜅、鮮山鳴蛇等以蛇為主體的形象，「見則大旱」，如此高度的一致性在《山海經》中難得一見。而在海經部分，蛇更多時候是神的工具。諸神耳旁珥蛇，手上操蛇，腳下踩蛇，可見在古人心中，蛇乃具有神力之物，人們對蛇滿懷崇敬。

魳魳魚

窫窳

〔窫窳〕

又北二百里，曰少咸之山，無草木，多青碧。有獸焉，其狀如牛，而赤身、人面、馬足，名曰窫窳（音亞雨），其音如嬰兒，是食人。

〔注解〕

少咸山上草木無法生長，卻多產青碧玉石。一種食人獸經常出沒於少咸山，這種食人獸的名字叫做窫窳，牠的身形像牛，渾身通紅，長有人面和馬足。在少咸山上聽到嬰兒的啼哭聲可得警惕了！那很有可能是窫窳發出的聲音，誘惑人走近牠，然後讓牠飽餐一頓。

【鯖鯖魚】

（少咸之山）敦水出焉，東流注于雁門之水，其中多鯖鯖（音背）之魚，食之殺人。

【注解】

敦水發源於少咸山，向東注入雁門水。人們經常能在水中見到鯖鯖魚，鯖鯖魚雖數量眾多，但不可食用，誤食鯖鯖魚會令人中毒身亡。

【鱳魚】

又北二百里，曰獄法之山。瀤（音懷）澤之水出焉，而東北流注于泰澤。其中多鱳（音早）魚，其狀如鯉而雞足，食之已疣。

注釋

鱳魚，有極大的藥用價值，該魚對醫治名為「疣」的皮膚病有良好的效果。人們可以在瀤澤水中去尋找鱳魚，水中貌似鯉魚且長有雞爪的魚類就是鱳魚。

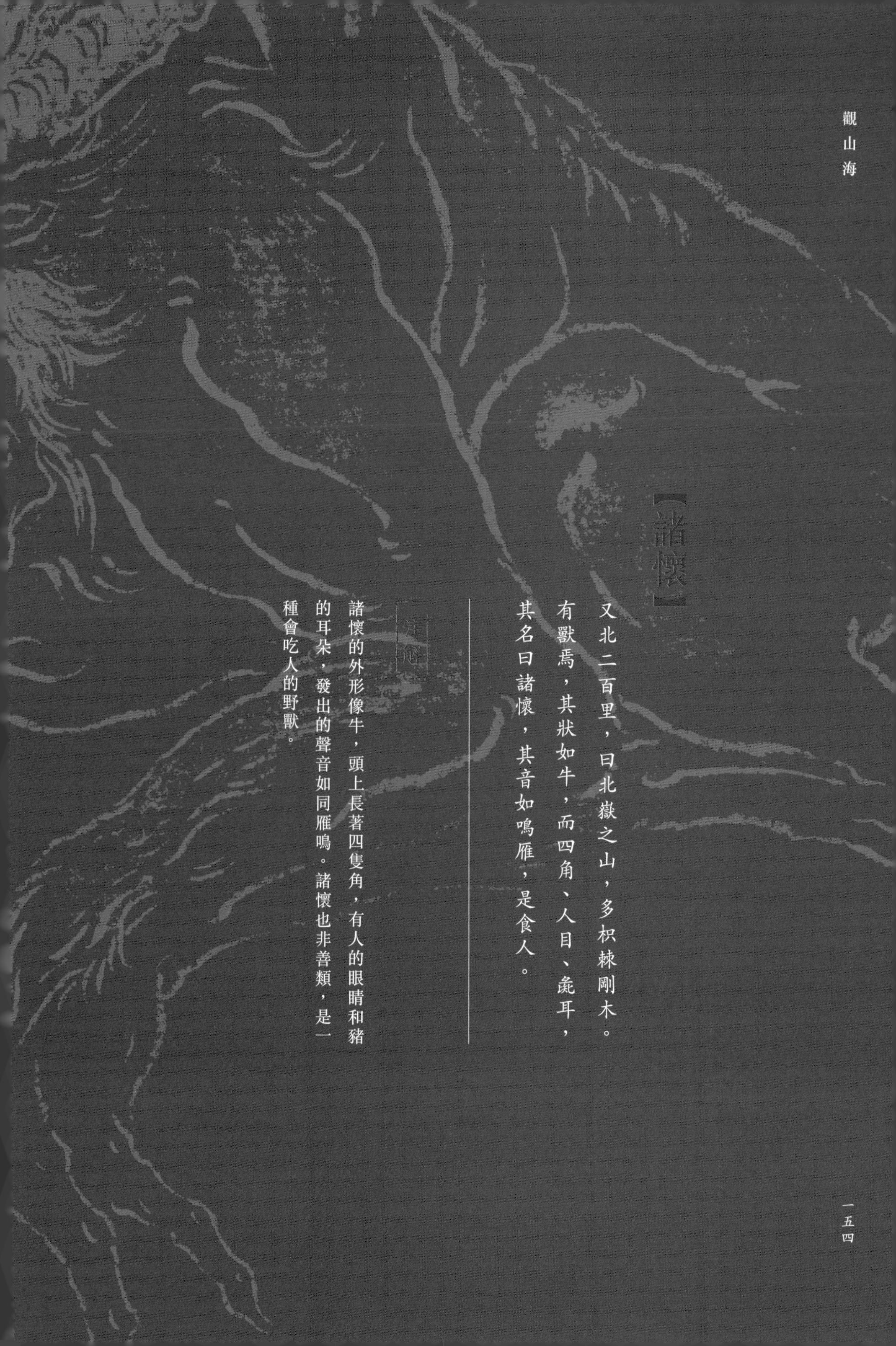

【諸懷】

又北二百里，曰北嶽之山，多枳棘剛木。有獸焉，其狀如牛，而四角、人目、彘耳，其名曰諸懷，其音如鳴雁，是食人。

注解

諸懷的外形像牛，頭上長著四隻角，有人的眼睛和豬的耳朵，發出的聲音如同雁鳴。諸懷也非善類，是一種會吃人的野獸。

【肥遺】

又北百八十里，曰渾夕之山，無草木，多銅玉。囂水出焉，而西北流注于海。有蛇一首兩身，名曰肥遺，見則其國大旱。

注解

兩個身體共用一個蛇頭的怪蛇，名叫肥遺，棲居在渾夕山中，人們往往不願意看到肥遺，因為牠的出現也是大旱之兆。

《山海經》中有三種異獸都被命名為肥遺。除了這裡的蛇類肥遺，在〈西山經〉中，肥遺還出現了兩次，一為蛇類，一為鳥類。蛇類肥遺長著六隻腳和四隻翅膀，牠的出現和這裡所述的肥遺一樣，也預示著旱災即將發生。鳥類肥遺棲息於英山上，模樣類似於鵪鶉，除了喙是紅色的，身體其他部位均為黃色，這種鳥類肥遺可以入藥，對於醫治痲風病有良效。

【狍鴞】

又北三百五十里，曰鉤吾之山，其上多玉，其下多銅。有獸焉，其狀羊身人面，其目在腋下，虎齒人爪，其音如嬰兒，名曰狍鴞，是食人。

注解

狍鴞被看作饕餮的原型，牠生活在鉤吾山，身形像山羊，四肢端部長有人一樣的手。其面部和人無異，但眼睛長在腋下，有著老虎般鋒利的牙齒，叫聲像是嬰兒的哭聲。狍鴞也是一種食人獸。饕餮生性凶殘，《呂氏春秋》等多部古籍都記載道：這種怪獸不僅要吃人，還會將吃不完的人的身體撕咬得七零八落，所以古人將饕餮同混沌、窮奇、檮杌（音陶勿）合稱「四凶」。饕餮以貪吃而聞名，周鼎上饕餮的形象有首無身，據說是牠吃掉了自己的身體，最後只剩下一個腦袋。所以諸如《左傳》以及後來的古籍多以饕餮來比喻欲壑難填、貪得無厭之人。

【居暨】

又北三百五十里，曰梁渠之山，無草木，多金玉。脩（音休）水出焉，而東流注于雁門。其獸多居暨，其狀如彙（音會）而赤毛，其音如豚。

注解

梁渠山中的獸類大多是居暨，居暨的身形像彙，古人說彙這種動物看上去像老鼠，但牠的毛如同刺一般，大概是我們今天所見刺蝟一類的動物。居暨的毛刺是紅色的，牠發出的聲音和豬的叫聲相似。

【蛇身人面神】

凡北次二山之首，自管涔之山至于敦題之山，凡十七山，五千六百九十里。其神皆蛇身人面。其祠：毛用一雄雞彘瘞；用一璧一珪，投而不糈。

注解

從管涔山到敦題山，北方第二系山脈共十七座山，總計五千六百九十里。這些山的山神，樣子都是蛇的身體上面長著人的面孔。祭祀他們的禮儀有講究：帶毛的動物祭品要選用公雞和豬，將公雞和豬一同埋入土中；玉要用一塊璧和一塊珪，將其共同投於山間；祭祀不能選用精米。

【驒】

北次三山之首，曰太行之山。其首曰歸山，其上有金玉，其下有碧。有獸焉，其狀如麢羊而四角，馬尾而有距，其名曰驒（音渾），善還（音旋），其名自訆。

注解

歸山是驒生活的地方，驒的樣子像麢羊，頭有四隻角，尾像馬的尾巴，腳部卻長有雞爪。喜歡轉圈，牠的叫聲猶如呼喊著自己的名字。

用以比擬驒的麢羊，據《康熙字典》等多部古籍記載，「麢羊似羊而大，角圓銳，好在山崖間。」《埤雅．釋獸》描繪得更加細緻：「角有圓繞蹙文，夜則懸角木上以防患。」現在大多認為麢羊即為羚羊。麢羊在《山海經》成書前，應該是一種數量眾多、廣泛分布的常見動物。〈西山經〉中記載的大次山，〈北山經〉中記載的涿光山，還有〈中山經〉中提及的多座大山都分布著大量的麢羊。

【䴅】

（歸山）有鳥焉，其狀如鵲，白身、赤尾、六足，其名曰䴅（音奔），是善驚，其鳴自詨（音笑）。

注解

歸山也是䴅的棲息地，是一種看起來像喜鵲的鳥，白身赤尾，共六隻腳。膽子很小，特別容易受到驚嚇。這種鳥的鳴叫聲聽起來像「䴅」這個字的讀音。

【人魚】

又東北二百里，曰龍侯之山，無草木，多金玉。決決之水出焉，而東流注于河。其中多人魚，其狀如鯑（音提）魚，四足，其音如嬰兒，食之無痴疾。

注解

《山海經》所提到的人魚、龍魚、陵魚大概都是同一物種，即我們俗稱的娃娃魚。此處的人魚，多見於決決水中，模樣如同鯑魚，共有四隻腳，發出的聲音像是嬰兒的啼哭。食用人魚，可以免於患上痴呆病。龍魚則被記錄在〈海外西經〉中，有一種說法認為龍魚為鰕，鰕就是娃娃魚。而陵魚出自〈海內東經〉，書中描述其為「人面，手足，魚身，在海中」。

【天馬】

又東北二百里，曰馬成之山，其上多文石，其陰多金玉。有獸焉，其狀如白犬而黑頭，見人則飛，其名曰天馬，其鳴自訆。

【注解】

天馬和馬並沒有太大的關聯，只因其鳴叫時，像在大聲呼喊著「天馬」二字。天馬整個身子像狗，軀幹呈白色，腦袋為黑色。天馬也是一種怕人的野獸，一見到人，就會立刻飛走。

那麼名副其實的天馬是什麼模樣呢？你一定不會陌生。早年，甘肅省出土了一件東漢時期的青銅器，這件青銅器一經面世，便震驚了中外。這件青銅器被稱作「馬踏飛燕」，據考證，飛燕其實是龍雀，被人們視作風神。足踏神鳥，翱翔於天際，這匹青銅器馬與〈東京賦〉、《漢書》中描述的天馬形象完全吻合。此外，《史記》記載，當時的烏孫馬、大宛馬都被稱作過「天馬」。

【飛鼠】

又東北二百里，曰天池之山，其上無草木，多文石。有獸焉，其狀如兔而鼠首，以其背飛，其名曰飛鼠。

注解

天池山上的飛鼠，長著老鼠的腦袋，其餘部分更像是兔子。飛鼠用自己的背部來飛行。

郭璞對飛鼠用背部飛行則有不同看法，他認為飛鼠「用其背上毛飛，飛則仰也」。此外，郭璞還在《〈山海經〉圖贊》中說：「或以尾翔，或以髯凌。飛鼠鼓翰，翛然背騰。用無常所，惟神是馮。」意思是飛鼠鼓動自己長而硬的羽毛來飛翔，自由無拘束。

【領胡】

又東三百里，曰陽山，其上多玉，其下多金銅。有獸焉，其狀如牛而赤尾，其頸腎（音甚），其狀如句瞿（音勾渠），其名曰領胡，其鳴自詨，食之已狂。

注解

領胡的整個身子看上去像牛，有一條紅色的尾巴，其頸部有一大塊隆起的肉瘤，這肉瘤呈現漏斗的形狀。食用領胡的肉，可以治療癲狂病。

現存有一種動物，與領胡的樣子有幾分相似，這種動物叫做高峰牛。顧名思義，高峰牛身上有類似「高峰」的特徵，「高峰」就長在這種牛的頸部，如同駱駝的駝峰，是一塊瘤狀的突起。目前，在中國浙江、雲南、海南等地都還能見到高峰牛的蹤影。

【象蛇】

（陽山）有鳥焉，其狀如雌雉，而五采以文，是自為牝牡，名曰象蛇，其鳴自詨。

【注解】

象蛇不是蛇類，而是陽山中一種鳥類的名字，這個名字是根據牠的鳴叫聲而來的。這種鳥類的模樣大致和雌性的野雞類似，身上有五彩的紋路。我們在《木蘭詞》中讀過「安能辨我是雄雌」，象蛇恰好符合句中的描述，自為牝牡，即雌雄同體。

【鮨父魚】

（陽山）留水出焉，而南流注于河。其中有鮨（音線）父之魚，其狀如鮒魚，魚首而彘身，食之已嘔。

注解

從陽山發源的河流叫做留水，鮨父魚常在這條河流中游動。鮨父魚的身形看起來恍若鯽魚，但除頭部外，身體其他部分卻更像是豬。人在嘔吐不止時，吃鮨父魚，可以幫助緩解不適之感。《山海經》中載有多種魚類，牠們都是治病救人的良藥。

【酸與】

又南三百里，曰景山，南望鹽販之澤，北望少澤。其上多草、藷藇（音鼠遇），其草多秦椒，其陰多赭，其陽多玉。有鳥焉，其狀如蛇，而四翼、六目、三足，名曰酸與，其鳴自詨，見則其邑有恐。

注解

酸與這種動物，可以說是一種鳥，也可以說是一種蛇，其外形融合了二者的特徵，並且，牠還有著四翼、六目、三足。驚恐之事總是伴隨著酸與的出現而發生。

精衛

【精衛】

又北二百里，曰發鳩之山，其上多柘木。有鳥焉，其狀如烏，文首、白喙、赤足，名曰精衛，其鳴自詨。是炎帝之少女，名曰女娃。女娃游于東海，溺而不返，故為精衛，常銜西山之木石，以堙于東海。

注解

相傳，炎帝的小女兒的名字叫做女娃，女娃在東海游泳的時候，不幸溺水而亡，一去不復返，後來女娃變成了精衛。精衛俗稱帝女雀，還有誓鳥、冤禽、志鳥三個別名，原本生活在發鳩山，是一種樣子像烏鴉的鳥，白喙赤足，腦袋上有斑紋。精衛和海燕一起繁育後代，生下的雌鳥像精衛，生下的雄鳥像海燕。女娃變成精衛以後，銜西山的木頭和石子，晝夜不停歇，期望靠自己的努力填平東海。所以，精衛在古代文學作品中也成為堅毅不屈、自強不息的代名詞。

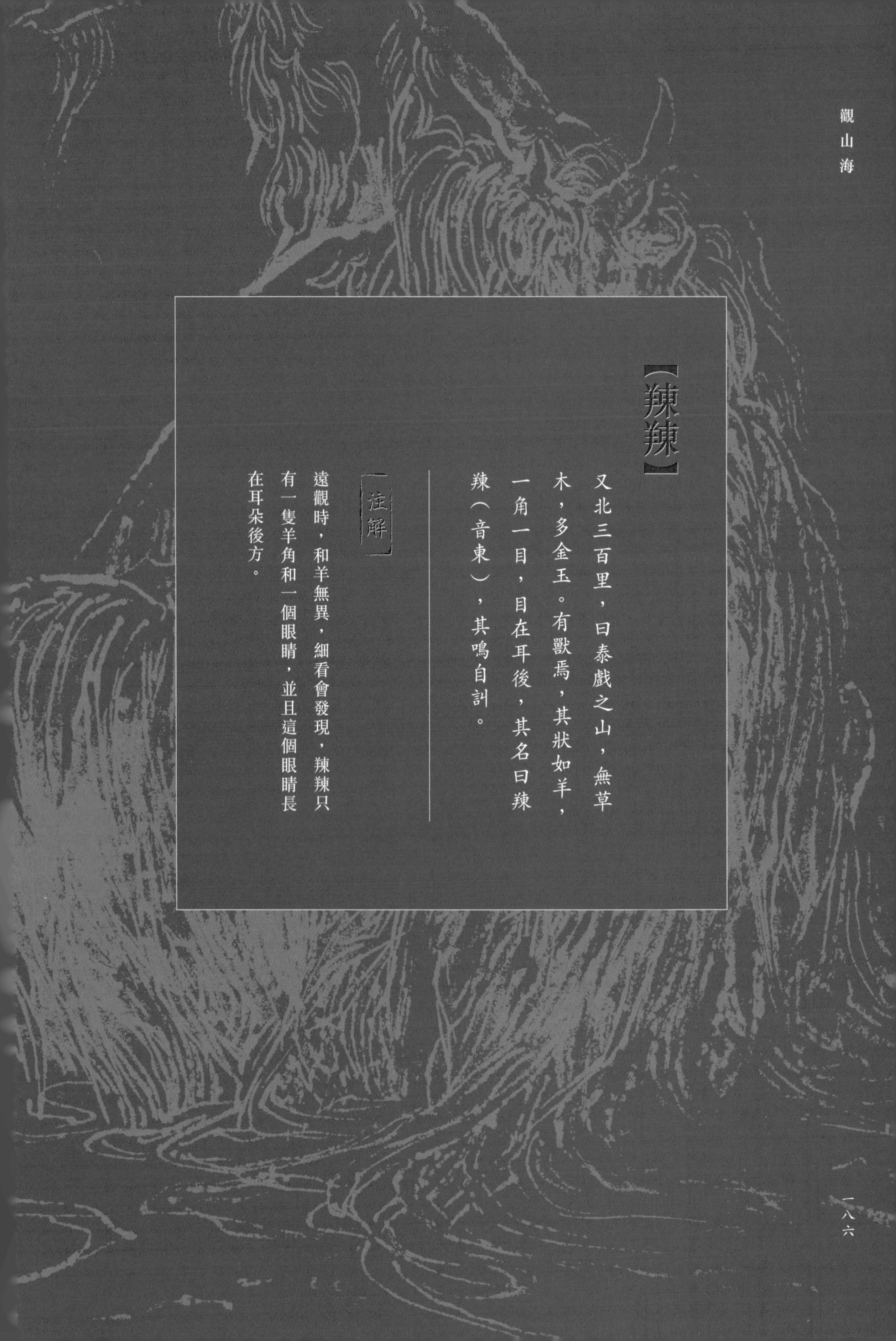

【䍶䍶】

又北三百里，曰泰戲之山，無草木，多金玉。有獸焉，其狀如羊，一角一目，目在耳後，其名曰䍶䍶（音東），其鳴自訆。

注解

遠觀時，和羊無異，細看會發現，䍶䍶只有一隻羊角和一個眼睛，並且這個眼睛長在耳朵後方。

【獂】

又北四百里，曰乾（音甘）山，無草木，其陽有金玉，其陰有鐵而無水。有獸焉，其狀如牛而三足，其名曰獂（音環），其鳴自詨。

注解

遠遠望去，乾山毫無生機，山上幾乎沒有任何植物，更沒有水流流出。但《山海經》記載，這座山中有金玉、鐵石等豐富的礦藏。獂可能是這座山中為數不多的生物，牠的樣子像牛，只長有三條腿。

【羆九】

又北五百里，曰倫山。倫水出焉，而東流注于河。有獸焉，其狀如麋，其州在尾上，其名曰羆（音皮）九。

注解

《儒林外史》描寫過一個情節：故事的主人公郭孝子趕了幾天的路，借宿在山上的小庵裡。正同庵裡的和尚吃飯時，窗邊忽然亮起一片紅光，郭孝子以為起火了，和尚卻讓他莫慌，說那是和尚的雪道兄。吃完飯，和尚推開窗戶，郭孝子看見前面山上蹲著一頭異獸，頭頂長有一隻角，只有一個眼睛，這個眼睛還生在耳後。異獸的名字叫做「羆九」，羆九隨便吼叫一聲，便可震碎幾尺厚的堅冰。

《山海經》裡的羆九，外形像麋鹿，但肛門長在尾巴上。而《儒林外史》裡描述的羆九，更像是辣辣。

【大蛇】

又北五百里，曰錞于毋逢之山，北望雞號之山，其風如颲（音利）。西望幽都之山，浴水出焉。是有大蛇，赤首白身，其音如牛，見則其邑大旱。

注解

錞于毋逢山向北望去是雞號山，那裡氣候條件比較惡劣，山上常常大風肆虐。向西望去，是幽都山，那兒是浴水的發源地。之前介紹大咸山長蛇時，曾提及錞于毋逢山中也有一種大蛇，這種大蛇的頭是紅色的，蛇身是白色的，普通的蛇發出「噝噝」的聲音，而牠的聲音卻像是牛叫聲。這種大蛇所到之處，必有大旱。

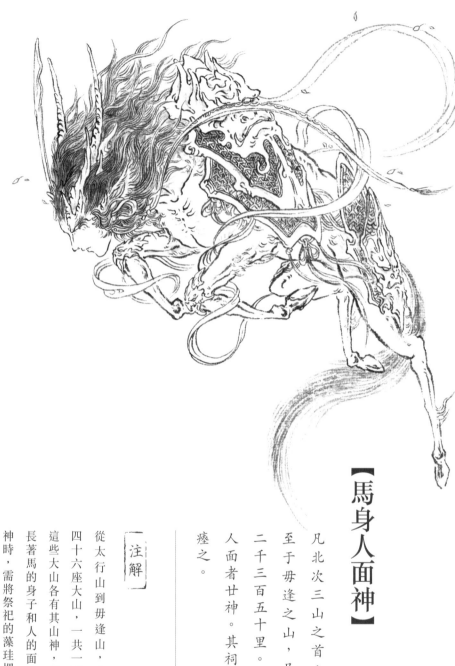

【馬身人面神】

凡北次三山之首，自太行之山以至于毋逢之山，凡四十六山，萬二千三百五十里。其神狀皆馬身而人面者廿神。其祠之，皆用一藻珪瘞之。

注解

從太行山到毋逢山，北方第三列山系共四十六座大山，一共一萬二千三百五十里。這些大山各有其山神，其中二十座山的山神長著馬的身子和人的面孔。祭祀這二十位山神時，需將祭祀的藻珪埋入地下。

【彘身八足蛇尾神】

（自太行之山以至于毋逢之山）其十神狀皆彘身而八足蛇尾。其祠之：皆用一璧瘞之。

注解

太行之山到毋逢之山的四十六座大山中，有十座山的山神，他們的身形都如同豬一樣，長著八條腿，還有一條蛇的尾巴。對於這十位山神，祭祀的禮儀均相同，只需將一塊璧玉埋於地下。

觀山海

卷四・東山經

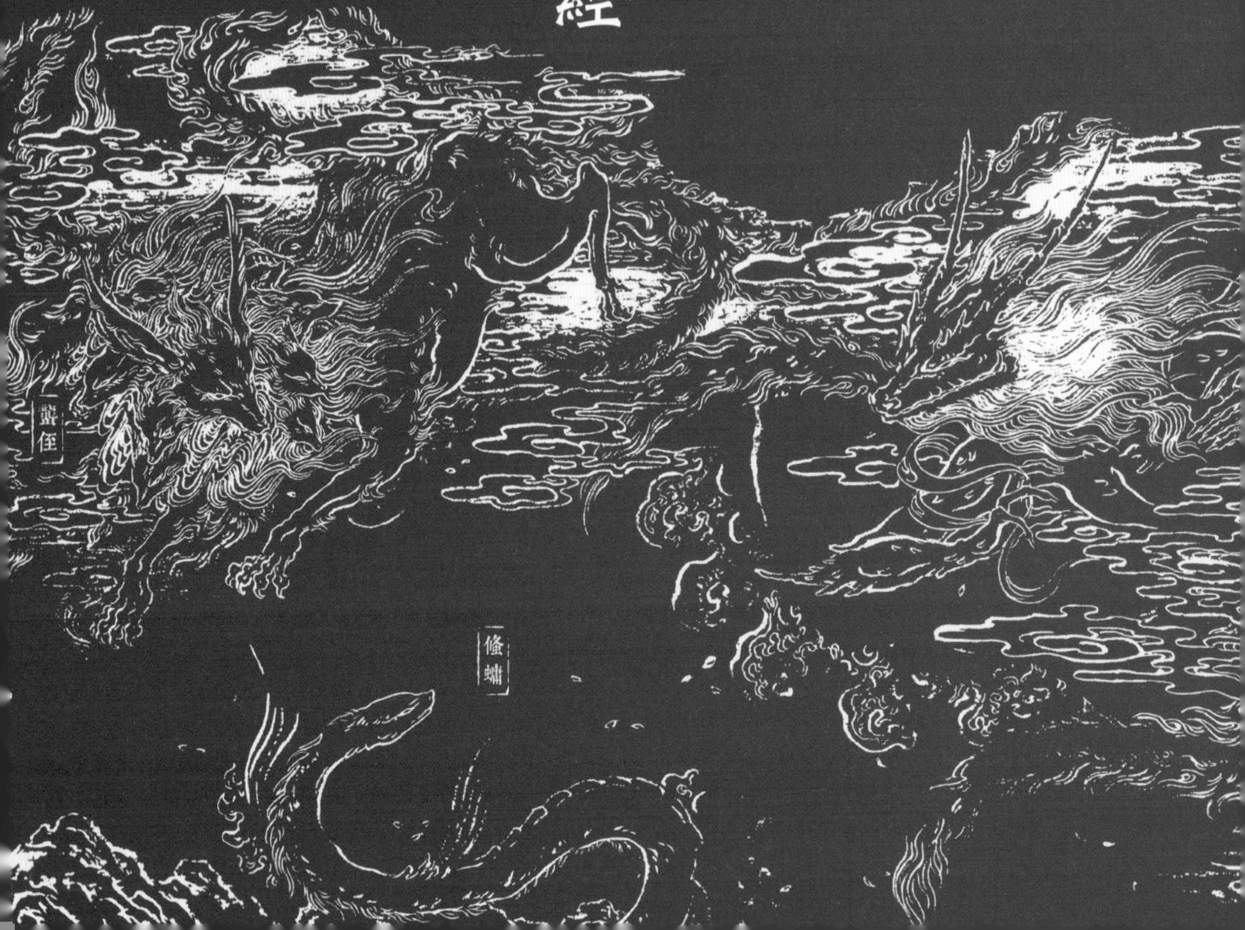

〈東山經〉記述了以樕螽山、空桑山、尸胡山及北號山為首的東方四大山系，共四十六列山脈，一萬八千八百六十里的地域特色和物產情況。這些山系地貌獨特，物產豐富，尤其讓人驚嘆的是，山中多災獸（或謂可預測災禍的靈獸）。如「見則天下大水」的犲山獸、軨軨，「見則天下（其邑）大旱」的絛鳙、獙獙、薄魚，以及其他「見則螽蝗為敗」、「見則其國有恐」、「見則其國多土工」……的異獸。

【鱅鱅魚】

東山之首，曰樕螽（音速朱）之山，北臨乾昧。食水出焉，而東北流注于海。其中多鱅鱅（音庸）之魚，其狀如犁牛，其音如彘鳴。

注解

東方第一列山系的第一座山叫做樕螽山，它的北邊緊鄰著乾昧山。食水就發源於這座山，水中有很多鱅鱅魚，樣子像是毛色黃黑相雜的犁牛，發出的聲音如同豬叫。

鱅鱅魚被稱作魚，又兼具牛的外形，類似的動物在其他古籍中也出現過。郭璞曾在《江賦》中記載：「爾其水物怪錯，則有潛鵠魚牛，虎蛟鉤蛇。」賦中說到的魚牛，在楊孚《臨海水土記》中有進一步的描寫：「魚牛象獺，其大如犢子，毛青黃色，其毛似氈，知潮水上下。」

【從從】

又南三百里，曰栒狀之山，其上多金玉，其下多青碧石。有獸焉，其狀如犬，六足，其名曰從從，其鳴自詨。

注釋

從從是生活在栒狀山中的野獸，牠的樣子和狗差不多，但長有六條腿。從從這個名字，是對這種野獸叫聲的模擬。

【䖳鼠】

（栒狀之山）有鳥焉，其狀如雞而鼠毛，其名曰䖳（音資）鼠，見則其邑大旱。

【注解】

栒狀山也有珍禽，外形像雞，長著鼠毛，古人將這種鳥類命名為䖳鼠，䖳鼠出現，意味著將有嚴重的旱災來臨。

魀雀

【鬿雀】

（北號之山）有鳥焉，其狀如雞而白首，鼠足而虎爪，其名曰鬿（音其）雀，亦食人。

注解

北號山中有一種鳥也是要吃人的，這種鳥類的外形看起來像雞，頭部是白色的，鼠足而虎爪，牠名字叫做鬿雀。

【箴魚】

（栒狀之山）泚水出焉，而北流注于湖水。其中多箴魚，其狀如儵，其喙如箴，食之無疫疾。

【注解】

栒狀山是泚水的發源地，一群群箴魚常遊戲其中。單就外形而言，箴魚與白鰷魚容易混淆。白鰷魚是生活在湖中或江中的一種小魚，魚身為銀白色，箴魚的顯著特徵是牠尖針一樣的嘴部。吃了箴魚，人可以免於感染瘟疫。

【犲山獸】

又南三百里，曰犲（音柴）山，其上無草木，其下多水，其中多堪㐨（音序）之魚。有獸焉，其狀如夸父而彘毛，其音如呼，見則天下大水。

注解

犲山中的這種野獸，牠的名字在《山海經》中沒有確切記載。這種野獸和夸父很像，但這裡所說的夸父，是傳說中的獸名，屬於猴類的一個分支。這種野獸滿身都是豬毛，發出如同人吼叫一般的聲音。牠現身不久後，一定會有洪水災害發生。

再來說說我們從小就知悉的那個夸父。據〈大荒北經〉記載，夸父的祖父就是大名鼎鼎的幽都之王——后土，夸父和后土身上都流淌著炎帝的血脈。夸父居於大荒之中的成都載天山，他兩耳邊環繞著黃蛇，手裡也拿著黃蛇。在我們從小就讀到的夸父逐日的故事中，夸父最後是因口渴而死的。而〈大荒北經〉則記載了夸父的另外一種死法：在黃帝和蚩尤的戰爭中，夸父因成了蚩尤的幫凶，而被黃帝派來的應龍所殺。

【絛蛹】

又南三百里，曰獨山，其上多金玉，其下多美石。末塗之水出焉，而東南流注于沔，其中多絛蛹（音條喁），其狀如黃蛇，魚翼，出入有光，見則其邑大旱。

【注解】

末塗水發源的地方在獨山。如果時機恰當，人們在末塗水中會見到許多水生動物，其中有一種動物像黃色的蛇，牠們還長著魚鰭，不知是否因為身上鱗片反光的緣故，外出游動時，牠們身上會閃閃發光。這種似蛇的魚，名字叫做絛蛹，牠們的出現，預示著該地將久旱無雨。

【狪狪】

又南三百里，曰泰山，其上多玉，其下多金。有獸焉，其狀如豚而有珠，名曰狪狪（音同），其鳴自訆。

注解

狪狪生活在多金玉礦脈的泰山中，牠的體型和小豬相似，叫聲彷彿在呼喚著自己的名字。或許是這泰山物產豐富的原因，狪狪的身上竟長著珠子。

【人身龍首神】

凡東山之首，自樕螽之山以至于竹山，凡十二山，三千六百里。其神狀皆人身龍首。祠：毛用一犬祈，衈（音二）用魚。

注解

自樕螽山到竹山，東方第一列山系共有十二座山，總計三千六百里。這十二座山的山神都是人身龍首。祭祀這些山神有特別的要求：用一隻狗作為帶毛的動物祭品，祭祀前殺魚取血用於塗抹器物。

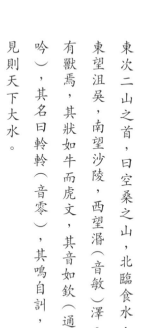

【軨軨】

東次二山之首，曰空桑之山，北臨食水，東望沮吳，南望沙陵，西望湣（音敏）澤。有獸焉，其狀如牛而虎文，其音如欽（通吟），其名曰軨軨（音零），其鳴自訆，見則天下大水。

注解

軨軨的名字也是根據牠的叫聲而來的，牠還能發出人低吟的聲音。看上去就是一頭有著老虎斑紋的牛，牠一出現，大規模的水災便會隨後而至。

在古代，老虎算是最為凶悍的動物了，萬獸之王的斑紋，著實讓人敬畏三分。虎紋在《山海經》中還被用來形容過天帝園圃的掌管神英招、一臂國的黃馬以及窮奇東邊的蟜（音腳）等。在構想神英招時，古人或許認為，虎紋可大大增加英招作為神的威嚴。而軨軨、黃馬等則比較趨近於現實中的動物，虎紋或許就是對當時這些動物毛色的比擬。

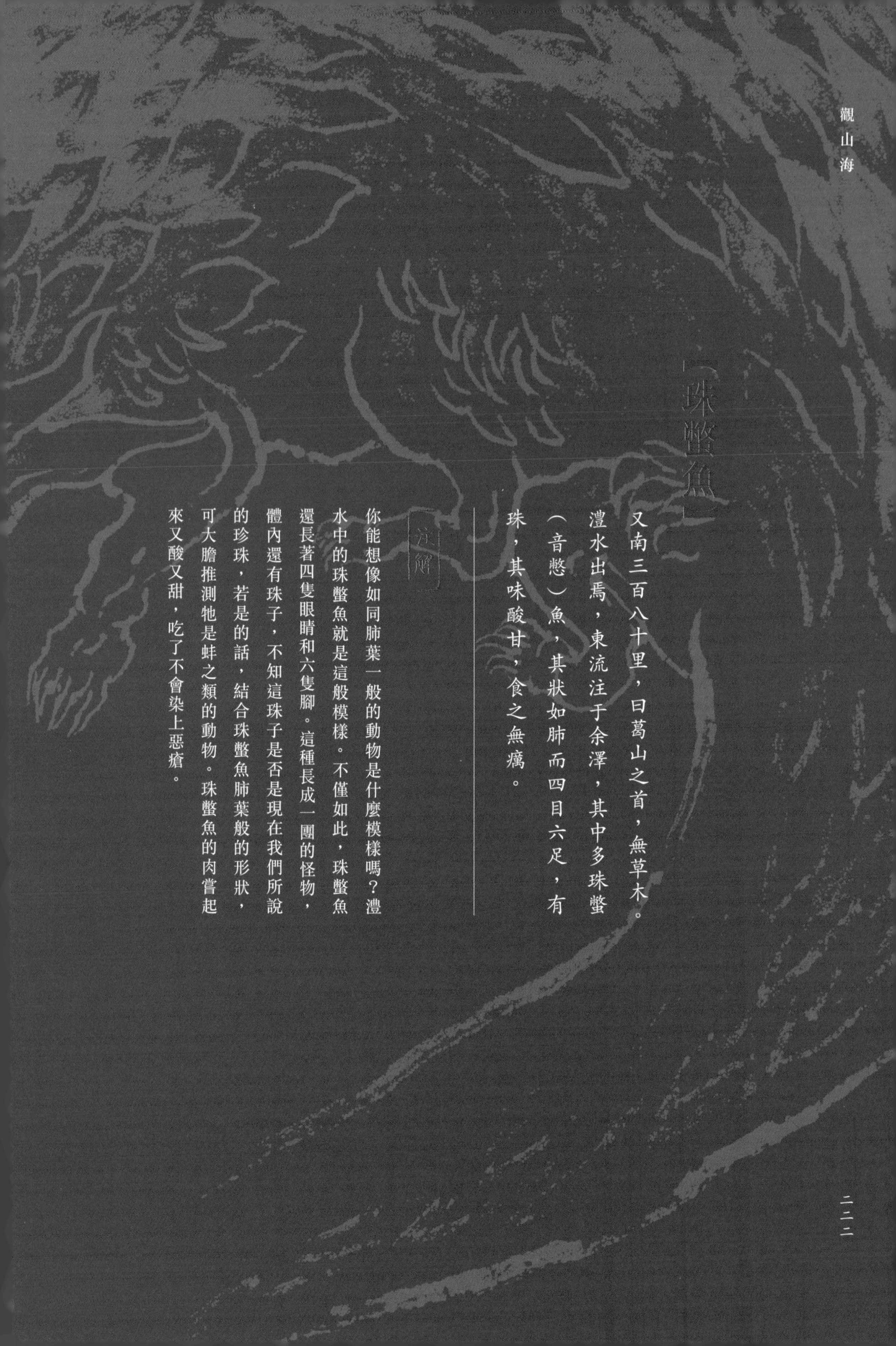

珠蟞魚

又南三百八十里，曰葛山之首，無草木。澧水出焉，東流注于余澤，其中多珠蟞（音憋）魚，其狀如肺而四目六足，有珠，其味酸甘，食之無癘。

注解

你能想像如同肺葉一般的動物是什麼模樣嗎？澧水中的珠蟞魚就是這般模樣。不僅如此，珠蟞魚還長著四隻眼睛和六隻腳。這種長成一團的怪物，體內還有珠子，不知這珠子是否是現在我們所說的珍珠，若是的話，結合珠蟞魚肺葉般的形狀，可大膽推測牠是蚌之類的動物。珠蟞魚的肉嘗起來又酸又甜，吃了不會染上惡瘡。

【犰狳】

又南三百八十里，曰餘峨之山，其上多梓枏，其下多荊芑。雜余之水出焉，東流注于黃水。有獸焉，其狀如菟而鳥喙，鴟目蛇尾，見人則眠，名曰犰狳（音球余），其鳴自訆，見則螽蝗為敗。

注解

犰狳生活於餘峨山中，牠們的樣子像是長著鳥喙、鴟目和蛇尾的兔子。犰狳見到人會立刻裝死。蝗災發生之前，人們往往會見到犰狳出沒。

如今，動物學家把瀕危物種鎧鼠命名為「犰狳」，牠們分布在美洲南部和中部。美洲的鎧鼠有盔甲般的骨質甲，《山海經》未曾提及該特徵。除此以外，經中所記錄的犰狳和鎧鼠的樣子毫無二致。此外，鎧鼠天生膽子小，遇到危急情況，如果找不到洞穴躲藏，就會把身子蜷縮成一團，鎧鼠的這種行為頗有「見人則眠」的意思。

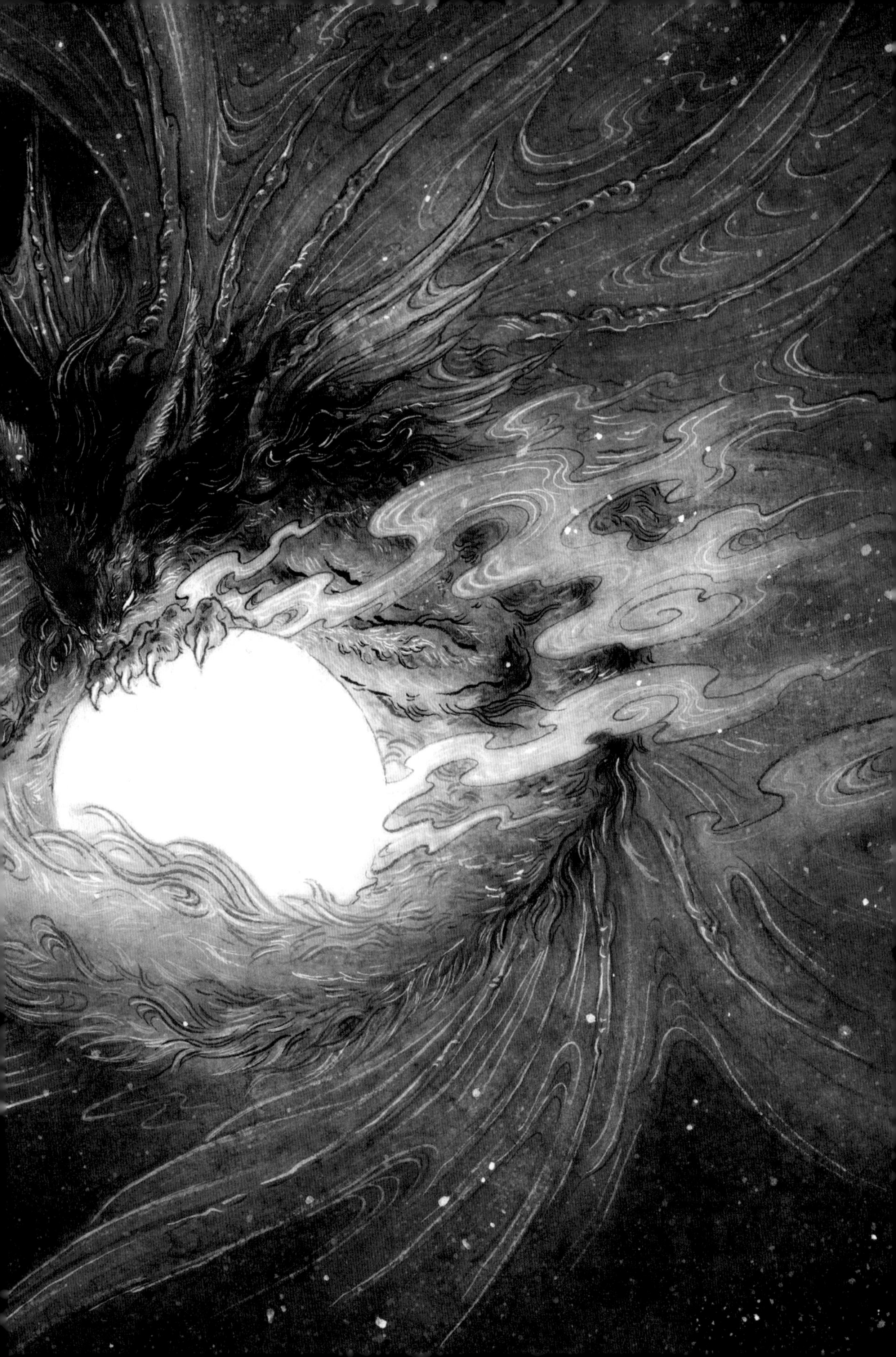

朱獳

【朱獳】

又南三百里，曰耿山，無草木，多水碧，多大蛇。有獸焉，其狀如狐而魚翼，其名曰朱獳（音如），其鳴自訆，見則其國有恐。

注解

耿山荒涼，草木無法生長，但是盛產水晶石。在如此惡劣的環境下，仍然存活著一種野獸，其名為朱獳，牠們長得像狐狸，有著魚鰭，鳴叫起來像是在呼喊著自己的名字。朱獳的出現也是一種惡兆，預示著國家將會發生令人驚恐的禍端。

【鵹鶘】

又南三百里，曰盧其之山，無草木，多沙石。沙水出焉，南流注于涔水。其中多鵹鶘（音離胡），其狀如鴛鴦而人足，其鳴自訆，見則其國多土功。

注解

鵹鶘棲息在沙水，牠們的樣子看起來像鴛鴦，腳和人的腳掌相似。鵹鶘的出現和其所在國即將大興土木營造之事有關。

有一種說法，說鵹鶘就是鵜鶘，也叫做塘鵝。鵜鶘是生活在水邊的群居鳥類，是現存世界上體型最大的鳥類之一，體型最龐大的鵜鶘可達兩公尺，其喙部大而長，這種鳥類最大的特點，是其下頜有一個巨大的皮囊，可以用來捕魚。《本草綱目》對鵜鶘的體態特徵和生活習性有詳細記載：「鵜鶘處處有之，水鳥也。似鶚而甚大，灰色如蒼鵝。喙長尺餘，直而且廣，口中正赤，頷下胡大如數升囊。好群飛，沉水食魚，亦能竭小水取魚。」

【獙獙】

又南三百里，曰姑逢之山，無草木，多金玉。有獸焉，其狀如狐而有翼，其音如鴻雁，其名曰獙獙（音必），見則天下大旱。

注解

獙獙就像一隻長著翅膀的狐狸，牠的叫聲淒厲，令人想起鴻雁的悲鳴。獙獙出現在人的視野中，是為了傳遞出大旱將至的信號。

《山海經》中以狐狸為原型的怪獸不在少數，但這些怪獸中的大部分，在古人心中都沒留下美好的印象。青丘山上的九尾狐、鳧麗山中的蠪蛭，都是食人的凶獸；還有長有魚翼的朱獳、白尾長耳的獙狼，牠們的出現均是災禍的前兆。雖說這些災禍可能並不是由牠們本身所引起的，但牠們還是被人打上了災星的標籤。

【蠪蛭】

又南五百里，曰鳧麗之山，其上多金玉，其下多箴石。有獸焉，其狀如狐而九尾、九首、虎爪，名曰蠪蛭（音龍至），其音如嬰兒，是食人。

注解

我們都知道九尾狐有九條尾巴，在《山海經》中，還記載了一種長著九條尾巴的野獸，名叫蠪蛭。蠪蛭整體的樣子也像狐狸，比起九尾狐，蠪蛭的身體構造更加複雜，牠長著九個腦袋，還有老虎的爪子。在外形方面，可以說蠪蛭是九尾狐的升級版。此外，蠪蛭和九尾狐的叫聲都和嬰兒發出的聲音一樣，牠們都是會吃人的凶獸。

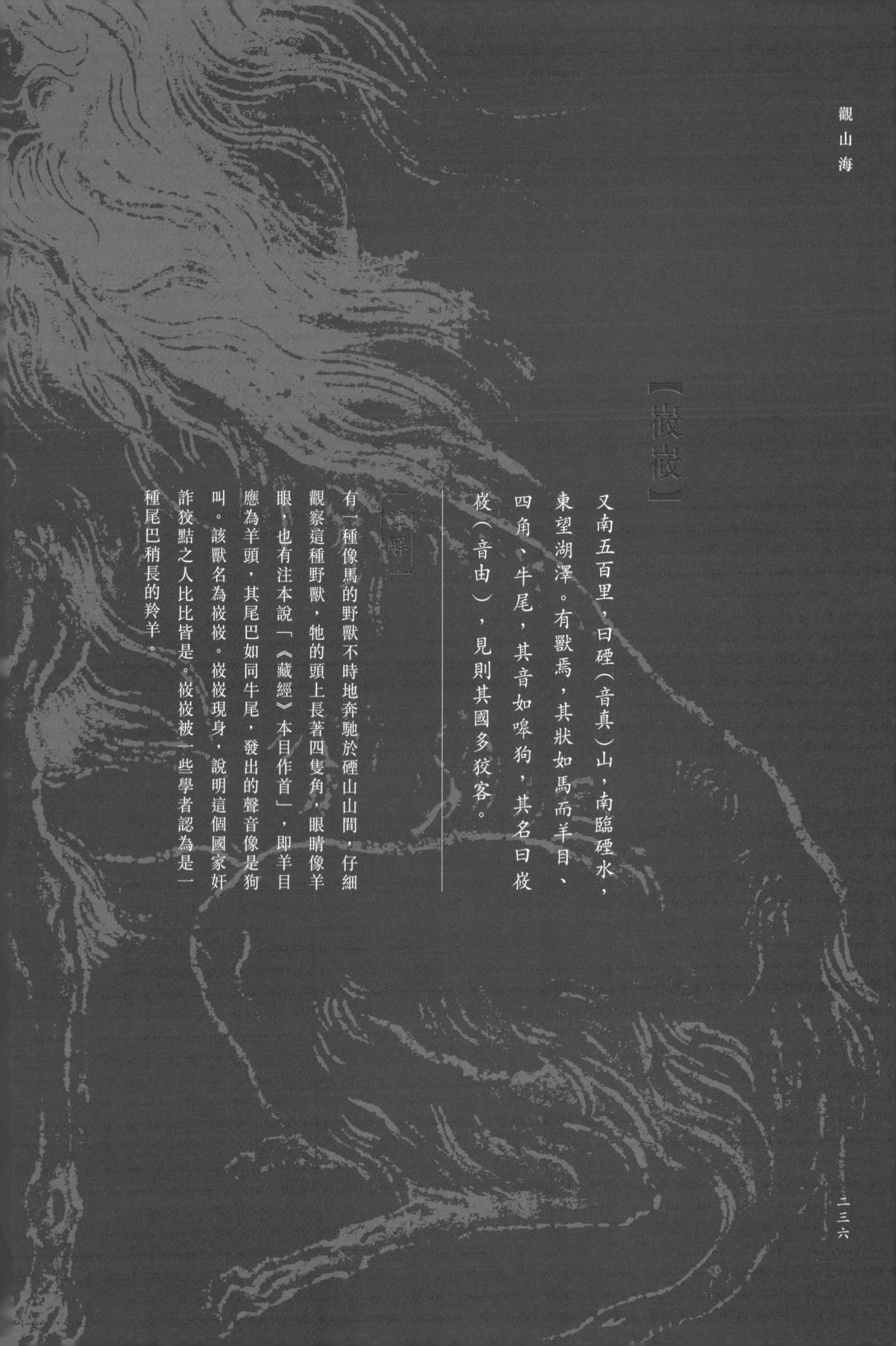

【峳峳】

又南五百里，曰䃌（音真）山，南臨䃌水，東望湖澤。有獸焉，其狀如馬而羊目、四角、牛尾，其音如嗥狗，其名曰峳峳（音由），見則其國多狡客。

【注解】

有一種像馬的野獸不時地奔馳於䃌山山間，仔細觀察這種野獸，牠的頭上長著四隻角，眼睛像羊眼，也有注本說「《藏經》本目作首」，即羊目應為羊頭，其尾巴如同牛尾，發出的聲音像是狗叫。該獸名為峳峳。峳峳現身，說明這個國家奸詐狡黠之人比比皆是。峳峳被一些學者認為是一種尾巴稍長的羚羊。

【絜鉤】

（硜山）有鳥焉，其狀如鳧而鼠尾，善登木，其名曰絜（音斜）鉤，見則其國多疫。

注解

絜鉤同樣是山中具備預測功能的動物，這種鳥類的出現是在警示這個國家將頻繁發生瘟疫，引起人們警覺。絜鉤和野鴨子沒有太大的差別，只是牠長著老鼠的尾巴，爬樹是牠的強項。

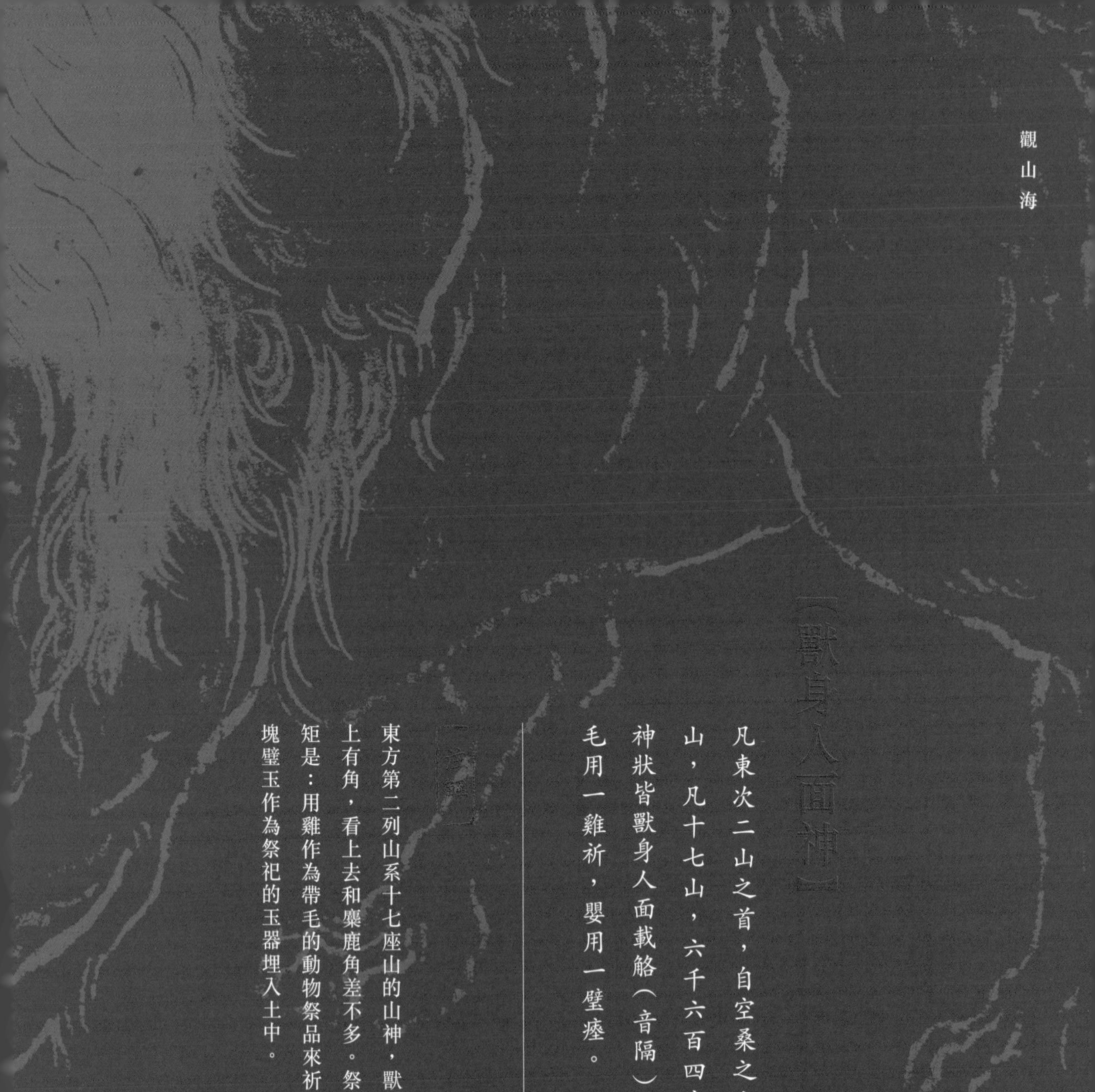

【獸身人面神】

凡東次二山之首，自空桑之山至于䃌山，凡十七山，六千六百四十里。其神狀皆獸身人面載觡（音隔）。其祠：毛用一雞祈，嬰用一璧瘞。

東方第二列山系十七座山的山神，獸身人面，頭上有角，看上去和麋鹿角差不多。祭祀山神的規矩是：用雞作為帶毛的動物祭品來祈福，再用一塊璧玉作為祭祀的玉器埋入土中。

【妴胡】

東次三山之首，曰尸胡之山，北望⿰歹羊（音詳）山，其上多金玉，其下多棘。有獸焉，其狀如麋而魚目，名曰妴（音晚）胡，其鳴自訆。

注解

尸胡山是妴胡的樂園，此山山上多金玉礦藏，山下則被酸棗樹林環繞。妴胡的外形如同麋鹿，但長著魚類一般的眼睛。

郝懿行記載道：「嘉慶五年，冊使封琉球歸舟泊馬齒山，下人進二鹿，毛淺而小眼似魚眼，使者著記謂是海魚所化，余以經證之，知是妴胡也。」有學者認為妴胡是一種名為白唇鹿的物種，白唇鹿體長可達兩公尺，毛色為黃褐色或暗褐色，雄鹿頭上長角，和麋鹿確實十分相似。白唇鹿是一種古老的物種，但現在這個物種的數量正在急遽減少，已被列入瀕危物種名單。

【寐魚】

又南水行五百里，曰諸鉤之山，無草木，多沙石。是山也，廣員百里，多寐魚。

注解

諸鉤山綿延百里，但山體表面以沙、石頭為主，草木幾乎不能在這種土地上生長。但在這死寂的野山山澗中，有許多寐魚。寐魚，也就是鮇魚，又稱嘉魚、卷口魚，因「其性潔，不入濁流，常居石岩，食苔飲乳以自養」，而被稱作「水中君子」。這種魚在李時珍的《本草綱目》中有過介紹，說牠和鯉魚有幾分相似，體型大的約兩三公斤重，身子長長的，鱗片細碎。可能是由於這種魚腹部多油脂的原因，魚肉看起來白皙嫩滑，如同玉石一般，吃起來肥而不膩，味道鮮美。

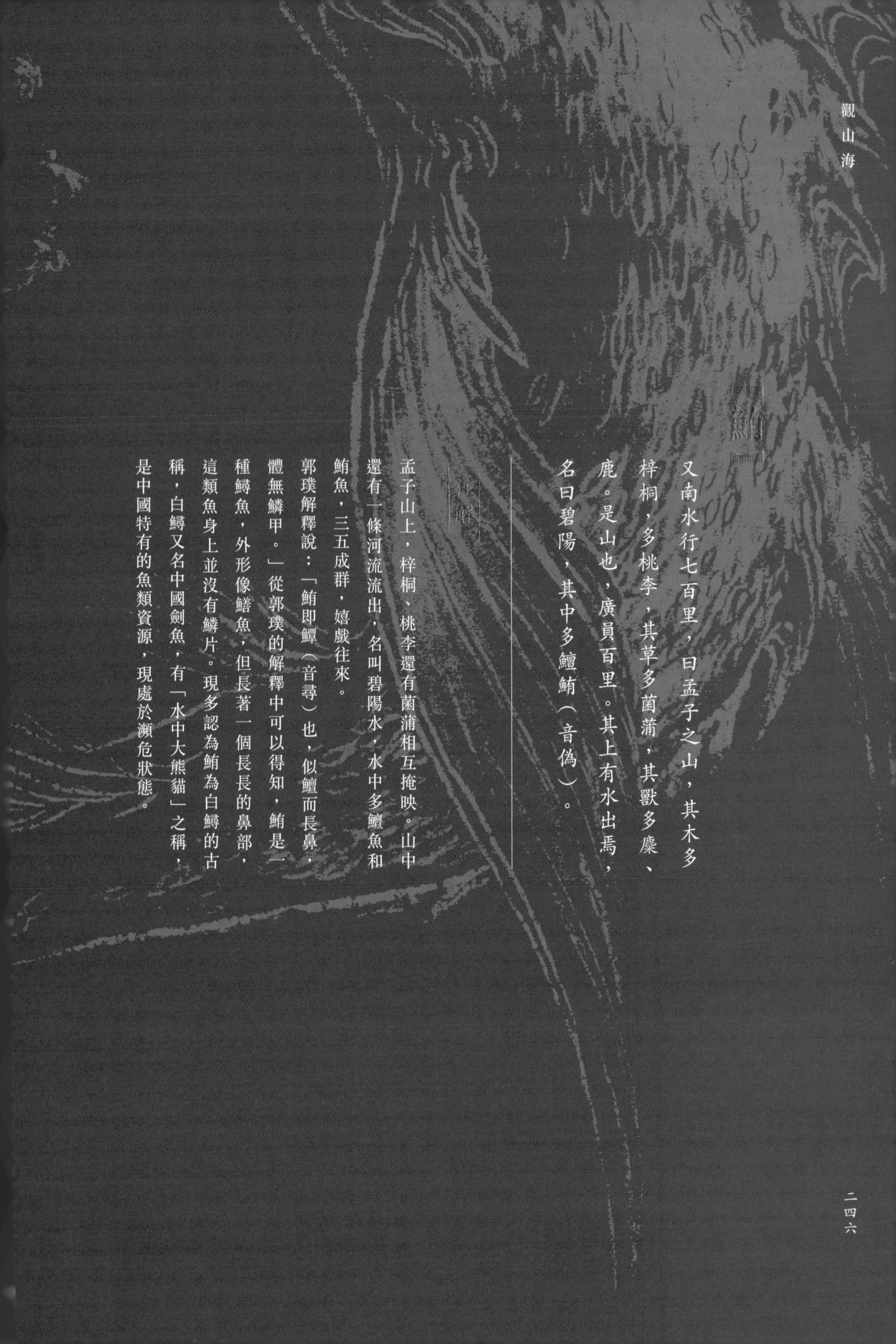

鮪

又南水行七百里，曰孟子之山，其木多梓桐，多桃李，其草多菌蒲，其獸多麋、鹿。是山也，廣員百里。其上有水出焉，名曰碧陽，其中多鱣鮪（音偽）。

注解

孟子山上，梓桐、桃李還有菌蒲相互掩映。山中還有一條河流流出，名叫碧陽水，水中多鱣魚和鮪魚，三五成群，嬉戲往來。

郭璞解釋說：「鮪即鱏（音尋）也，似鱣而長鼻，體無鱗甲。」從郭璞的解釋中可以得知，鮪是一種鱘魚，外形像鱔魚，但長著一個長長的鼻部，這類魚身上並沒有鱗片。現多認為鮪為白鱘的古稱，白鱘又名中國劍魚，有「水中大熊貓」之稱，是中國特有的魚類資源，現處於瀕危狀態。

【大蛇】

又南水行五百里，流沙五百里，有山焉，曰跂踵之山，廣員二百里，無草木，有大蛇，其上多玉。

注解

跂踵山綿延兩百里，山中無草木生長，玉石資源豐富。這山中潛藏著一種身形巨大的蛇。

《山海經》中有一個有趣的現象，許多蛇類出沒的地方，草木都難以生長。長蛇生活的大咸山，肥遺出沒的渾夕山，鳴蛇所在的鮮山，還有聚集了眾多大型蛇類的耿山和碧山，書中都用「無草木」來形容這些山。之所以說這個現象有趣，是因為我們都知道蛇喜歡生活在陰暗潮濕的環境裡，這種環境大多為荒草叢生的草原或是樹木茂盛的大森林，與這些大山的環境有很大的反差。但正是這種差異，讓這些蛇顯得更加怪異和神祕。

【鮯鮯魚】

（跂踵之山）有水焉，廣員四十里，皆湧，其名曰深澤，其中多蠵（音西）龜。有魚焉，其狀如鯉，而六足鳥尾，名曰鮯鮯（音隔）之魚，其鳴自訆。

注解

跂踵山擁著一汪名為深澤的水潭，這方水潭方圓四十里，水流上下湧動。深澤有許多蠵龜爬行游動，水中還有一種怪魚，其身雖像鯉魚，但長著六隻腳和鳥類的尾巴。這種魚的叫聲如同「鮯鮯」二字，所以古人將其命名為鮯鮯魚。

精精

又南水行九百里，曰踇隅（音母雨）之山，其上多草木，多金玉，多赭。有獸焉，其狀如牛而馬尾，名曰精精，其鳴自叫。

注解

踇隅山草木豐茂，在山間偶爾能見到一種怪獸，看上去像是長著馬尾巴的牛，但這種怪獸發出的聲音和牛叫聲很不一樣，這種怪獸的聲音更像是「精精」的發音，牠的名字自然也取自這種聲音。古人在《駢雅》中說明精精這種野獸時，提到了一個片段：明朝萬曆二十五年（一五九七），在括蒼這個地方，有人捕獲過一頭怪獸，這怪獸頭上有一雙角，身上長有鹿那樣的斑紋，尾巴像馬尾，蹄子如同牛蹄。精精是否是一種曾生活在中華大地上的動物，《駢雅》最終未置可否。

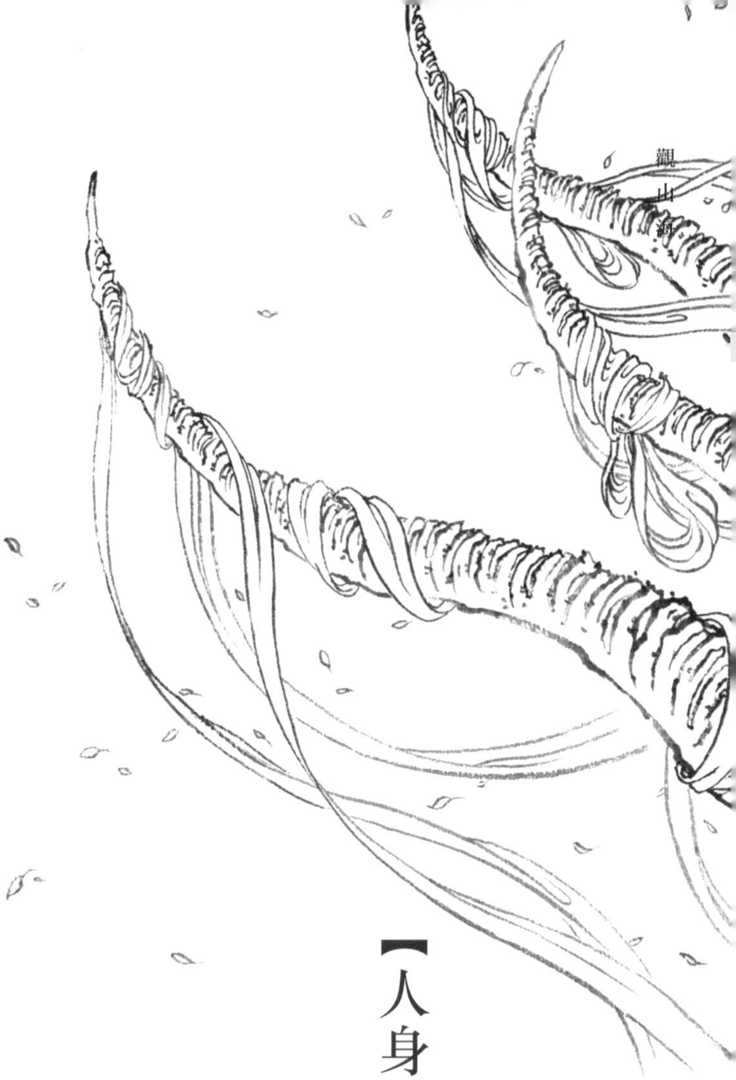

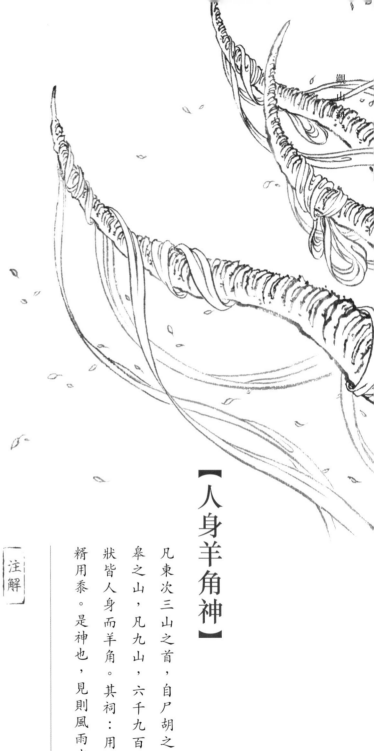

【人身羊角神】

凡東次三山之首，自尸胡之山至于無皋之山，凡九山，六千九百里。其神狀皆人身而羊角。其祠：用一牡羊，糈用黍。是神也，見則風雨水為敗。

注解

從尸胡山到無皋山在內的九座山，是東方的第三列山系。這些山的山神幾乎是人的模樣，但頭上長著羊角。祭祀需用一頭公羊和黍米。該山神出現時，總是伴隨著狂風暴雨，進而暴發大水毀壞莊稼，造成荒年。

【獡狚】

東次四山之首，曰北號之山，臨于北海。有木焉，其狀如楊，赤華，其實如棗而無核，其味酸甘，食之不瘧。食水出焉，而東北流注于海。有獸焉，其狀如狼，赤首鼠目，其音如豚，名曰獡狚（音隔但），是食人。

注解

食人獸獡狚，也作猲狚，牠的身形像狼，頭部是紅色的，長著一雙鼠目般的眼睛，牠的聲音像是豬叫。獡狚一般生活在號稱「東方第四列山脈之首」的北號山。據《說文解字》的解釋，猲是一種短嘴的狗，狚也是一種狗。《集韻》把猲狚解釋為巨狼。可以猜想，《山海經》中描述的猲狚，或許是一種真實存在的物種，類似於狼或者狗。實際上，現存的一種動物就符合這樣的描述，這種動物就是「豺狼虎豹」中的「豺」，豺又稱紅狼，頭部乃至全身的毛色都偏紅色。

【鱃魚】

又南三百里，曰旄山，無草木。蒼體之水出焉，而西流注于展水，其中多鱃（音秋）魚，其狀如鯉而大首，食者不疣。

注解

蒼體水從旄山發源，在這條河流中，鱃魚比比皆是，鱃魚和鯉魚差不多，但是鱃魚的頭部大得多，人吃了鱃魚可以避免長疣。

或許是因為讀音相同，一說起鱃魚就認為是鰍魚，也就是我們常說的泥鰍；另一說鱃魚是鱅魚，又稱大頭魚、胖頭魚、花鰱等，這種魚比較常見，是四大家魚之一。從鱅魚的別稱就可得知，鱅魚最大的特點就是魚頭碩大，並且魚頭味道鮮美，就連李時珍也在《本草綱目》中說：「鱅之美在頭。」還有說鱃魚是一種海魚，名叫海鮎。

【茈魚】

又南三百二十里，曰東始之山，上多蒼玉。有木焉，其狀如楊而赤理，其汁如血，不實，其名曰芑（音啓），可以服馬。泚水出焉，而東北流注于海，其中多美貝，多茈（音紫）魚，其狀如鮒，一首而十身，其臭（即嗅）如蘼（音迷）蕪，食之不𥻗（音屁）。

注解

泚水中水產豐富，形狀奇特、顏色絢麗的貝殼遍布，茈魚成群。茈魚和鯽魚相似，有一個魚頭，但有十個魚身。茈魚身上還有一種特殊的味道，聞起來像蘼蕪這種香草。譙水中的何羅魚，其身體結構和茈魚一樣，也是一首而十身，二者都可做藥材，但各自的藥用價值有所不同，何羅魚的功效在於治療毒瘡，而茈魚則用於順氣消飽脹。

【薄魚】

又東南三百里，曰女烝（音争）之山，其上無草木。石膏水出焉，而西注于鬲（音隔）水，其中多薄魚，其狀如鱣魚而一目，其音如歐，見則天下大旱。

注解

若非薄魚只有一隻眼睛，還真是難以區分牠和鱔魚。薄魚時不時地會發出類似人嘔吐的聲音。薄魚的出現，預示著將會有大範圍的旱災。

有人認為薄魚是一種名為薄鰍的魚類，喜歡生活在江河的上游。從名字可以看出，鰍和鱔魚應該有相似之處。另外，據資料記載，薄鰍的眼睛特別小，額頭上長著一個別致的圓點，人們如若不仔細觀察，完全有可能忽視了那一對不引人注意的眼睛，而把額頭上的圓點當成薄鰍的眼睛。

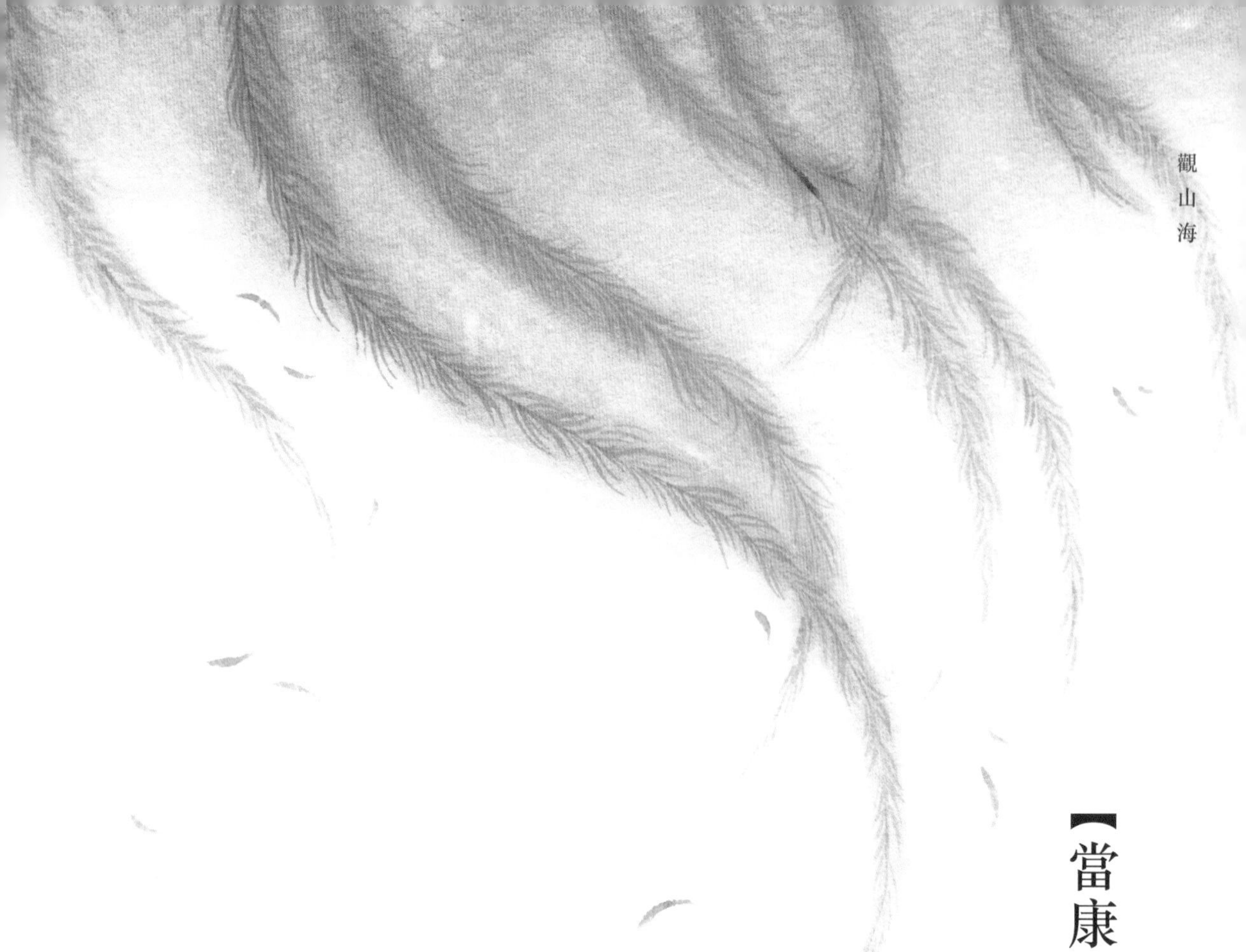

【當康】

又東南二百里，曰欽山，多金玉而無石。師水出焉，而北流注于皋澤，其中多鱃魚，多文貝。有獸焉，其狀如豚而有牙，其名曰當康，其鳴自叫，見則天下大穰。

注解

欽山中沒有普通的石頭，但盛產金玉。當康就生活在這欽山中，當康二字取自這種野獸的叫聲，這種野獸身形類似小豬，獠牙外露。當康的出現是好兆頭，意味著人們將有喜人的收成。

當康的樣子被描繪得十分形象，和雄性野豬比較貼近。當康也是一種十分有趣的瑞獸，傳說要是哪一年將要迎來大豐收，當康便會跑出來撒歡似的跳躍，像是跳舞一樣，邊舞動還邊叫喚，彷彿在提前慶祝這一年的豐收。這長著獠牙的野獸歡快扭動的場景，簡直令人忍俊不禁。

【䱻魚】

又東南二百里，曰子桐之山。子桐之水出焉，而西流注于餘如之澤。其中多䱻（音華）魚，其狀如魚而鳥翼，出入有光，其音如鴛鴦，見則天下大旱。

注解

䱻魚是生活在子桐水中的魚類，魚身上長著鳥翅，在水中游動時，整個身體都會閃動著亮光，其叫聲如同鴛鴦的叫聲。牠一出現，將會有旱災發生。

【合窳】

又東北二百里，曰剡（音善）山，多金玉。有獸焉，其狀如彘而人面，黃身而赤尾，其名曰合窳（音雨），其音如嬰兒，是獸也，食人，亦食蟲蛇，見則天下大水。

注解

《山海經》中所記載的許多野獸，都會發出嬰兒的啼哭聲，對比這些能發出嬰兒啼聲的野獸，會發現一個驚人的共同點——牠們大多有吃人的習性。在荒山野嶺，嬰兒的啼聲能勾起人的好奇，並在很大程度上降低人的防備心理，極具迷惑性。合窳也是佯裝嬰兒啼聲的食人獸之一，牠生活在剡山一帶，長著人的面容，身子如同豬一樣，呈黃色，還有一條紅色的尾巴。除了吃人，合窳也吃蟲和蛇類。牠的出現預示著將會有洪澇災害發生。

【蜚】

又東二百里，曰太山，上多金玉、楨木。有獸焉，其狀如牛而白首，一目而蛇尾，其名曰蜚，行水則竭，行草則死，見則天下大疫。

注解

太山中有一種野獸，牠的外形像牛，有著白色的腦袋，腦袋上只有一隻眼睛，身後長有一條蛇尾巴。這種野獸被稱作蜚。蜚著實是一種招人討厭的怪獸——牠所踏入過的水域，不久便會枯竭；牠所行走過的草地，很快也會枯萎；若牠出現在世間，那麼世間將會瘟疫蔓延。

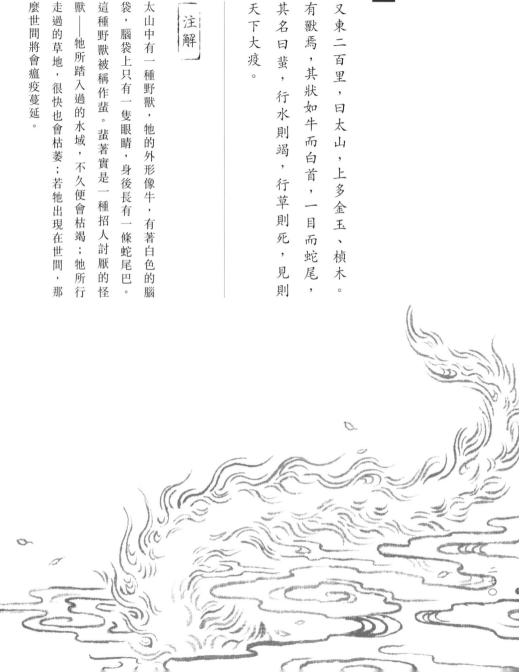

觀山海

卷五・中山經

〈中山經〉是諸經中記述最為詳盡，篇幅最為浩繁的一卷，記錄了中土本部的十二大山系，如薄山山系、濟山山系、萯山山系等。它的記錄順序呈「之」字形，整體由北至南，首列山系由西向東，次列便由東向西，此後接續。中央十二大山系共計一百九十七列山脈，總長度為二萬一千三百七十一里。

飛魚

又北三十里，曰牛首之山。有草焉，名曰鬼草，其葉如葵而赤莖，其秀如禾，服之不憂。勞水出焉，而西流注于潏（音絕）水。是多飛魚，其狀如鮒魚，食之已痔衕（音動）。

牛首山是一座盛產奇珍的寶山。山上的鬼草，光聽名字就讓人對其敬而遠之，其實該草是一種藥材，其功效和其他神話傳說中的忘憂草相同，食用之後可以讓人遠離憂愁。鬼草的葉子與葵葉相似，紅色的莖上抽穗開花。

此外，從牛首山起源的勞水，其間也盛產一種藥材，這藥材是一種魚類，名叫飛魚，由於《山海經》沒有確切記載，這種魚能否飛翔不得而知，書中只說到牠的樣子像鯽魚，食用該魚可以治療痔瘡。

【朏朏】

又北四十里，曰霍山，其木多穀。有獸焉，其狀如狸，而白尾有鬣，名曰朏朏（音翡），養之可以已憂。

注解

霍山上覆蓋著茂密的構樹，朏朏在構樹的掩護下，生活想必是怡然自得的。朏朏貌如狸貓，尾巴是白色的，脖子上長著鬣毛，把朏朏養在身邊可以緩解人的憂慮。從「養之已憂」這個細節來看，朏朏可能是一種當時能夠馴養成為寵物的動物，有人認為這種動物是白貓，也有人認為這種動物是白鼬。

鳴蛇

又西三百里，曰鮮山，多金玉，無草木。鮮水出焉，而北流注于伊水。其中多鳴蛇，其狀如蛇而四翼，其音如磬，見則其邑大旱。

注解

鮮山礦藏豐富，但山中不長草木，鮮水從這裡發源，向北注入伊水。這片區域生活著許多鳴蛇，這是一種長著四隻翅膀的蛇類，牠的聲音如同擊磬聲，牠一出現就將有旱災發生。

化蛇

又西三百里，曰陽山，多石，無草木。陽水出焉，而北流注于伊水。其中多化蛇，其狀如人面而豺身，鳥翼而蛇行，其音如叱呼，見則其邑大水。

注釋

陽水從環堵蕭然的陽山中發源，向北注入伊水。陽水中有一種動物名叫化蛇，但實際上這種動物除了像蛇一樣蜿蜒地前行，再也看不出牠和蛇類的聯繫。化蛇長著人的面龐，身體如豺狼，身體兩側長著鳥翅。化蛇叫起來，像是大聲呼喝。化蛇的出現，預示著該地將有水澇災害。

【蠪蚔】

又西二百里，曰昆吾之山，其上多赤銅。有獸焉，其狀如彘而有角，其音如號，名曰蠪蚔（音遲），食之不眯。

注解

有一類野獸，放眼望去像是長著角的豬。這類野獸出沒在昆吾山一帶，被稱作蠪蚔，要是在昆吾山中聽到人號哭的聲音，說不定就是蠪蚔在鳴叫。據說食用了蠪蚔的肉，睡覺時再也不會出現夢魘。

在中國古代神話志怪小說集《拾遺記》中，蠪蚔所生活的昆吾山，與崑崙山、蓬萊山等同為八大仙山。根據這部小說的描寫，昆吾山地下有「赤金」，也就是此處記載的赤銅，「赤金」的顏色如火一般明豔。當年黃帝討伐蚩尤時，軍隊便駐紮在昆吾山。可能是出於飲食的需要，黃帝大軍就地掘井，挖掘的過程中，火光如星。可他們挖了百丈深，也沒有發現地下水源。後來，人們發現這地底下全是丹石，這些丹石經冶煉後能成為質地上佳的銅。傳說越王勾踐曾以此處的赤金鑄造了八柄神劍，應八方之氣，每柄神劍各有神通。

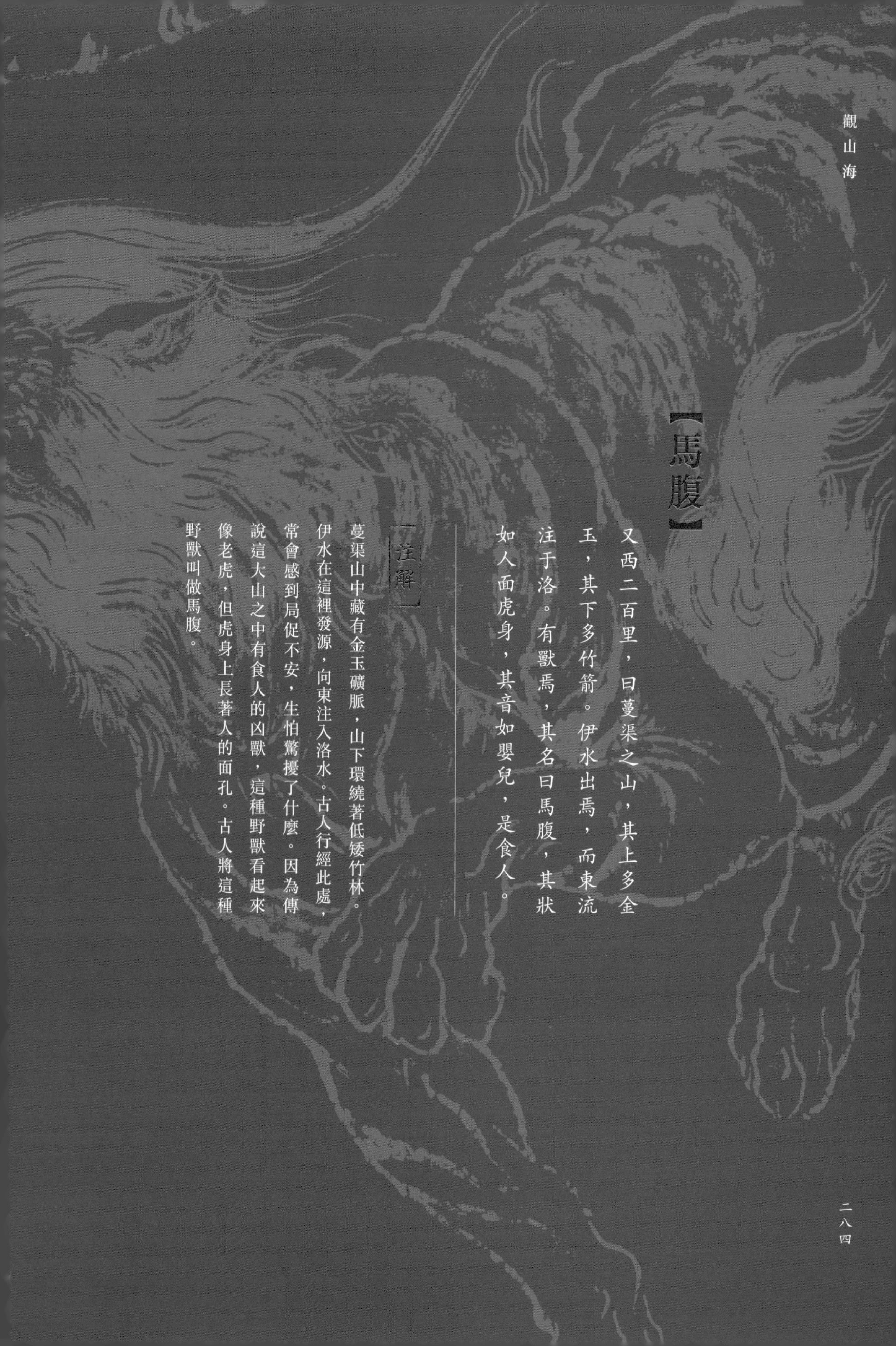

【馬腹】

又西二百里，曰蔓渠之山，其上多金玉，其下多竹箭。伊水出焉，而東流注于洛。有獸焉，其名曰馬腹，其狀如人面虎身，其音如嬰兒，是食人。

注解

蔓渠山中藏有金玉礦脈，山下環繞著低矮竹林。伊水在這裡發源，向東注入洛水。古人行經此處，常會感到局促不安，生怕驚擾了什麼。因為傳說這大山之中有食人的凶獸，這種野獸看起來像老虎，但虎身上長著人的面孔。古人將這種野獸叫做馬腹。

【夫諸】

中次三山萯（音背）山之首，曰敖岸之山，其陽多瓐琈（音服）之玉，其陰多赭、黃金。神熏池居之。是常出美玉。北望河林，其狀如茜如舉。有獸焉，其狀如白鹿而四角，名曰夫諸，見則其邑大水。

注解

中央第三列山系叫萯山山系，它的第一座山叫敖岸山，此山的南北兩面有著豐富的金玉礦石。此地是神熏池的居處。山中有一種類似鹿的獸類出沒，這種獸類渾身雪白，頭上長著四隻角，人們稱牠為夫諸。牠若現身世間，則預示著將有大水。有學者認為夫諸可能就是水麞（音章）或四角羚。

武羅

荀草

【武羅】

又東十里，曰青要之山，實惟帝之密都。是多駕（音加）鳥。南望墠（音談）渚，禹父之所化，是多僕累、蒲盧。䰠（音神）武羅司之，其狀人面而豹文，小要（即腰）而白齒，而穿耳以鐻（音渠），其鳴如鳴玉。是山也，宜女子。畛水出焉，而北流注于河。

注解

青要山是天帝的「密都」，即天帝不怎麼為人所知的都城。青要山上生活著很多駕鳥，而在它南邊的墠渚，則到處都可見蝸牛之類的動物，相傳大禹的父親鯀，死後就是在墠渚化成了黃熊。天帝的「密都」由山神武羅掌管，武羅長有人的面孔，身上的皮毛看上去像是豹紋，腰身纖細，牙齒潔白，耳朵上穿掛著金銀環，武羅說話的聲音十分悅耳，像是玉器相互碰撞發出的聲音。

【荀草】

（青要之山）有草焉，其狀如葌（音尖），而方莖、黃華、赤實，其本如藁（音稿）本，名曰荀草，服之美人色。

注解

山中的荀草，是不可多得的草藥，服用這種草，能讓人氣色紅潤，膚白貌美。這種草的外形看起來像蘭草，莖呈方形，根像藁（一種香草）根，開黃色的花朵，結紅色的果實。

【鴢】

（青要之山）其中有鳥焉，名曰鴢（音咬），其狀如鳧，青身而朱目赤尾，食之宜子。

注解

鴢鳥所在的青要之山，是天帝的「密都」。鴢鳥的外形看起來像野鴨子，眼睛是紅色的，尾部是深紅色的，身體的其他部分為青色。吃了鴢鳥，可以多生孩子。

青要之山想必是那時女子心中的聖地，《山海經》說這座山「宜女子」，山上不僅有「食之宜子」的鴢鳥，還有「服之美人色」的荀草。

犀渠

又西一百二十里，曰釐山，其陽多玉，其陰多蒐（音搜）。有獸焉，其狀如牛，蒼身，其音如嬰兒，是食人，其名曰犀渠。

注解

釐山的南邊盛產玉石，北面被茜草覆蓋，犀渠便生活在此處。犀渠是一種吃人的野獸，這種野獸看起來像牛，整個身子都是青色的。

犀渠會不會是我們今天所說的犀牛呢？要是把犀渠吃人的習性視作這種動物會對人發起攻擊，那麼犀渠和犀牛確實有諸多相似之處。犀牛像牛，全身呈青色，並且這龐然大物發出的聲音有時真的像是牙牙學語的嬰兒。

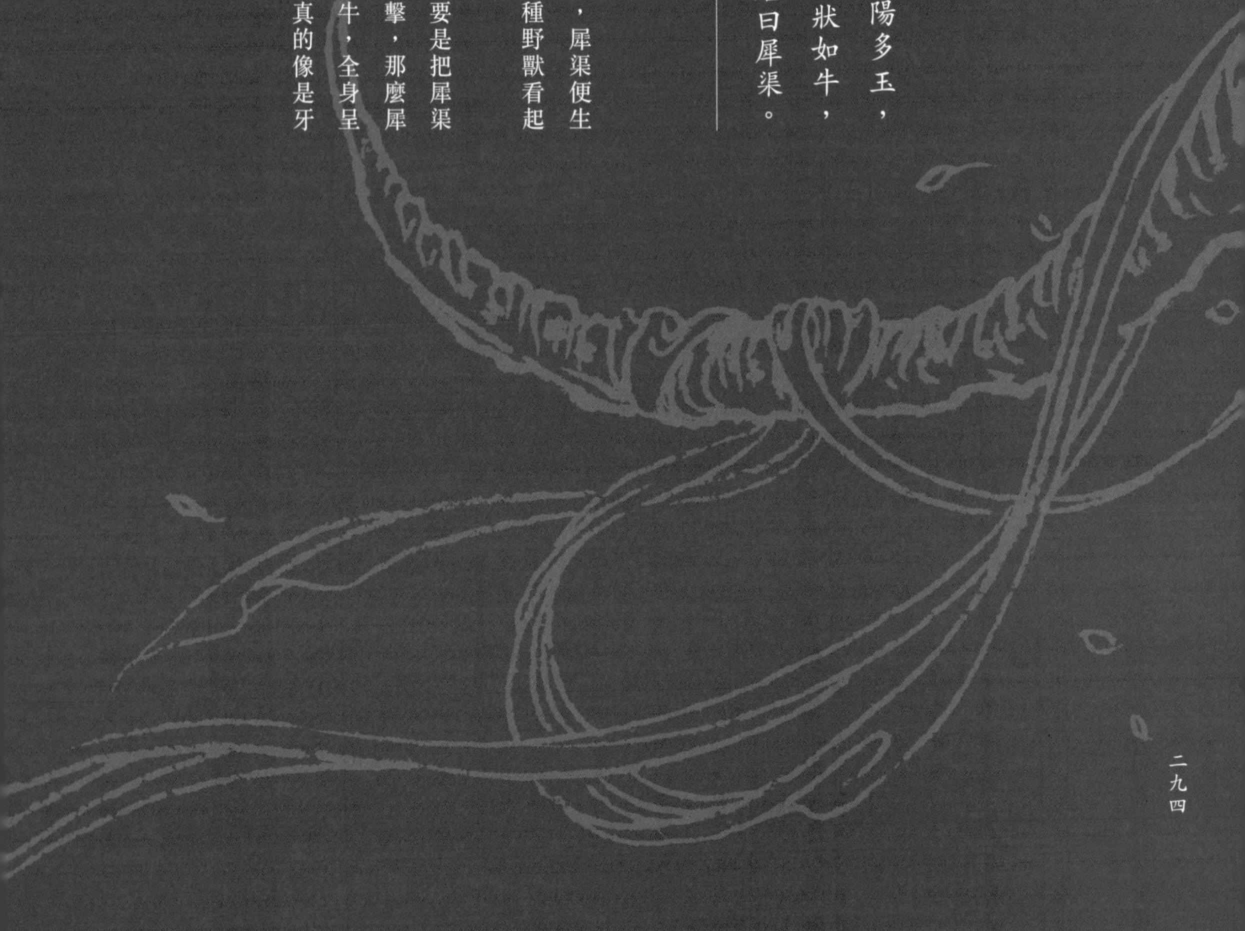

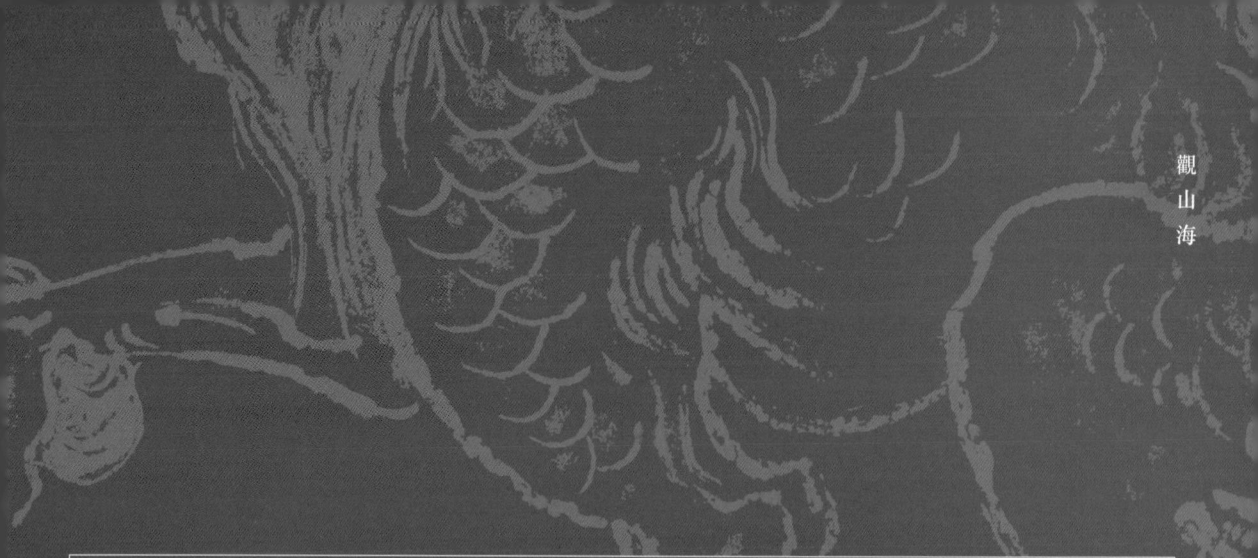

【獥】

（𨤳山）滽滽之水出焉，而南流注于伊水。有獸焉，名曰獥（音傑），其狀如獳犬而有鱗，其毛如彘鬣。

【注解】

獥是𨤳山中的另一種怪獸，看上去像是狂怒不止的狗，身上的毛如同豬鬃，不僅如此，獥身上還長滿了鱗片。

獥的模樣倒是有點像生活於江河及沿海地區的江獺。江獺的外形像棕褐色的狗，身上的毛比較短。這種動物的體型雖比不上大型猛獸，但十分凶猛，同類要是發出求救的聲響，牠們便會成群出動，儼然一群血氣方剛的鬧事者。江獺以魚蟹等為食，人們發現其糞便中多有魚鱗和蟹殼，並且，江獺還有打滾的習慣。結合這兩個習性，有些江獺身上沾滿鱗片也是可以想見的情形。

【馱鳥】

東三百里，曰首山，其陰多穀柞（音做），其草多茉芫（音竹元）。其陽多㻬琈之玉，木多槐。其陰有谷，曰机谷，多馱（音代）鳥，其狀如梟而三目，有耳，其音如錄（通鹿），食之已墊。

注解

首山的北面被大片的構樹和柞樹覆蓋著，草植以茉草、芫華為主。山的南面盛產㻬琈玉，樹木以槐樹為主。而首山的山谷，是馱鳥的聚集地。馱鳥很像貓頭鷹，但長著三隻眼睛，還有耳朵，叫聲像鹿鳴，吃了這種鳥，可醫治濕氣病。

【驕蟲】

中次六山縞羝（音低）山之首，曰平逢之山，南望伊洛，東望穀城之山，無草木，無水，多沙石。有神焉，其狀如人而二首，名曰驕蟲，是為螫（音示）蟲，實惟蜂蜜之廬。其祠之：用一雄雞，禳（音瓤）而勿殺。

注解

平逢山是縞羝山系的第一座山，從這裡向南遠眺可以望見伊水和洛水，往東可以看到穀城山，或許是沒有水源的緣故，平逢山寸草不生。平逢山的山神，一眼看去和人的模樣差不多，如若誰遇見這位山神，定會嚇得魂飛魄散，因為這山神的身上長著兩個腦袋。平逢山的山神名叫驕蟲，他是所有螫蟲的首領，這座山實際也是蜜蜂一類蟲子的聚集之處。

【鴒䳩】

又西十里，曰瘣（音歸）山，其陰多琈之玉。其西有谷焉，名曰雚（音貫）谷，其木多柳楮（音楚），其中有鳥焉，狀如山雞而長尾，赤如丹火而青喙，名曰鴒䳩（音零腰），其鳴自呼，服之不眯。

注解

瘣山西部，有一山谷，名為雚谷，這裡的植被多以柳樹、楮樹為主，鴒䳩飛舞於谷中的柳楮樹木之間，這是一種像長尾山雞的鳥類，食用鴒䳩可以遠離夢魘。

【文文】

又東五十二里，曰放皋之山。明水出焉，南流注于伊水，其中多蒼玉。有木焉，其葉如槐，黃華而不實，其名曰蒙木，服之不惑。有獸焉，其狀如蜂，枝尾而反舌，善呼，其名曰文文。

注解

放皋山是明水的發源地，山中蒙木成林，蒙木有著與槐樹相似的葉子，會開出黃色的花，但不結果實。明水向南注入伊水，這片水域裡，有著大量的青玉。文文寄居．在這青山秀水間，牠的樣子像蜜蜂，尾巴像枝椏一樣分開，舌頭是反著長的，喜歡鳴叫。

【蟲圍】

又東北百五十里，曰驕山，其上多玉，其下多青雘，其木多松柏，多桃枝鉤端。神蟲（音馱）圍處之，其狀如人而羊角虎爪，恆游于睢（音居）漳之淵，出入有光。

注解

驕山松柏參天，翠竹成蔭，山中盛產美玉，山下富含青色的顏料礦物。這座山是神蟲圍所居住的地方，蟲圍外貌像人，卻頭有羊角，長著虎爪，牠常常在睢水和漳水的深淵裡游走，出行和歸來的時候都伴有耀眼的亮光。

【計蒙】

又東百三十里，曰光山，其上多碧，其下多水。神計蒙處之，其狀人身而龍首，恆游于漳淵，出入必有飄風暴雨。

注解

光山鍾靈毓秀，山上到處都是碧石，山下水系眾多，據說此處乃神計蒙所居住的地方，計蒙神人身龍首，經常在漳水的深淵裡遊玩，出入時必伴有疾風驟雨。

《山海經．中山經》高頻率地出現居於各山的神，這些神和普通山神不同，書中並未提及和這些神有關的祭祀及其要求，這些神常常游於深淵，來回於居所和世間時，還會伴隨著奇特的現象。現象大致有二，計蒙算一類，「帝之二女」和計蒙一樣，出入必定風雨大作；而另外一類則包括泰逢、**鼉**圍、耕父、于兒等，這些神出入時，光亮相隨。

【鼉】

又東北三百里，曰岷山。江水出焉，東北流注于海，其中多良龜，多鼉（音駝）。其上多金玉，其下多白瑉。其木多梅棠，其獸多犀象，多夔牛，其鳥多翰鷩（音必）。

注解

岷山總是一派生機勃勃的樣子，梅棠生長於山中各處，鳥獸在這裡繁衍生息，這裡是長江的發源地之一。據《山海經》記載，在那個時候，長江中有大量烏龜和鼉，《康熙字典》引〈陸璣云〉，說鼉長得像蜥蜴，身長一丈有餘，其皮甲堅厚，如同盔甲，可以用來覆蓋鼓面。鼉現在多被認為是揚子鱷，現存數量十分稀少，是國家一級保護動物。

【竊脂】

又東一百五十里，曰崌（音居）山。江水出焉，東流注于大江，其中多怪蛇，多鰲（音至）魚。其木多楢（音由）杻，多梅梓，其獸多夔牛、麢、㚟（音綽）、犀、兕。有鳥焉，狀如鴞而赤身白首，其名曰竊脂，可以禦火。

注解

崌山也是長江的發源地之一，這裡生活著多種多樣的動物，其中最多的是夔牛、麢、㚟、犀、兕。山中還有一類鳥，樣子和貓頭鷹差不多，赤身白首，這種鳥類名叫竊脂，養在身邊可以預防火災。郭璞推測竊脂就是當時人們俗稱的青雀。這種鳥嘴部微微彎曲，愛吃肉，經常飛到人家裡偷吃肥肉，「竊脂」這個名字便因此而來。或許是因為竊脂能禦火，人們竟還不忍心不餵牠，正如《朱子語錄》所述「如騶虞之不殺，竊脂之不穀」，作者將竊脂和瑞獸騶虞予以對比，可見竊脂深受人們的喜愛。

【㹢狼】

又東四百里，曰蛇山，其上多黃金，其下多堊，其木多栒，多豫章，其草多嘉榮、少辛。有獸焉，其狀如狐，而白尾長耳，名㹢（音以）狼，見則國內有兵。

注解

被栒樹和豫章樹覆蓋的蛇山，生長著茂盛的嘉榮、少辛等草類，山中貯藏著豐富的黃金礦石。這山裡生活著一種異獸，名叫㹢狼，外貌類似於狐狸，與狐狸不同的是，㹢狼白尾長耳。㹢狼出現，意味著其所在的國家將會發生戰爭。

【馬身龍首神】

凡岷山之首，自女几山至于賈超之山，凡十六山，三千五百里。其神狀皆馬身而龍首。其祠：毛用一雄雞瘞，糈用稌。文山、勾檷（音迷）、風雨、騩（音歸）山，是皆冢也。其祠之：羞酒，少牢具，嬰用一吉玉。熊山，帝也。其祠：羞酒，太牢具，嬰用一璧。干儛（音舞），用兵以禳；祈，璆（音球）冕舞。

注解

岷山山系，包含了從女几山起到賈超山在內的十六座大山，綿延三千五百里。這些大山的山神，都長著馬的身子和龍的腦袋。祭祀的禮儀如下：帶毛的動物祭品要用公雞，祭祀後埋入土中，米選用稻米。在不同的山上，祭祀的方式又稍微不同，有的需要用美酒供奉，有的需要將玉璧掩埋，有的要用兵器來祈福，還有的需祭祀之人穿上禮服手持美玉跳舞。

【跂踵】

又西二十里，曰復州之山，其木多檀，其陽多黃金。有鳥焉，其狀如鴞，而一足彘尾，其名曰跂踵，見則其國大疫。

注解

復州山是一處風水寶地，山間生長的樹木大多是檀木，山的南邊有黃金礦藏。生活於此間的跂踵，和這風水寶地格格不入。牠一出現，瘟疫就將蔓延至整個國家。識別跂踵很容易，總體說來跂踵像是一隻貓頭鷹，只有一隻腳，身後長著一條豬尾巴。

【龍身人面神】

凡首陽山之首，自首山至于丙山，凡九山，二百六十七里。其神狀皆龍身而人面。其祠之：毛用一雄雞瘞，糈用五種之糈。堵山，冢也，其祠之：少牢具，羞酒祠，嬰用一璧瘞。騩山，帝也，其祠：羞酒，太牢具，合巫祝二人儛，嬰一璧。

今譯

包括首山、丙山在內的九座山，都屬於首陽山山系，綿延二百六十七里。首陽山山系的山神都長有龍的身子和人的面孔。這一山系祭祀的儀式和岷山山系大同小異。

《山海經》中記載的神物不少，其中，龍身人面或龍身人首是當時人們比較偏愛的形象，比如〈南山經〉中提到，從天虞山起至南禺山的十四座山，其山神都是龍身人面的造型。另如〈海外北經〉中的燭陰、〈西山經〉中燭陰的兒子鼓，還有〈海外東經〉中的雷神等，模樣都與這裡所說的山神類似。

【雍和】

又東南三百里，曰豐山。有獸焉，其狀如猨（即猿），赤目、赤喙、黃身，名曰雍和，見則國有大恐。神耕父處之，常遊清泠之淵，出入有光，見則其國為敗。有九鐘焉，是知霜鳴。其上多金，其下多穀柞杻橿。

注解

豐山中的野獸雍和，牠的外形像猿猴，眼睛和嘴巴是紅色的，整個身子呈現黃色。在介紹《山海經·西山經》中的朱厭時提到，雍和是大災難的信使。豐山之中，預示災難的還不只有雍和，耕父神也擔有這個職責。豐山是耕父日常的居所，但他也常常在清泠之淵遊歷，出遊和歸來都有光亮相伴，要是有誰在自己的國家看見耕父的身影，那預示著這個國家國運日漸衰微。

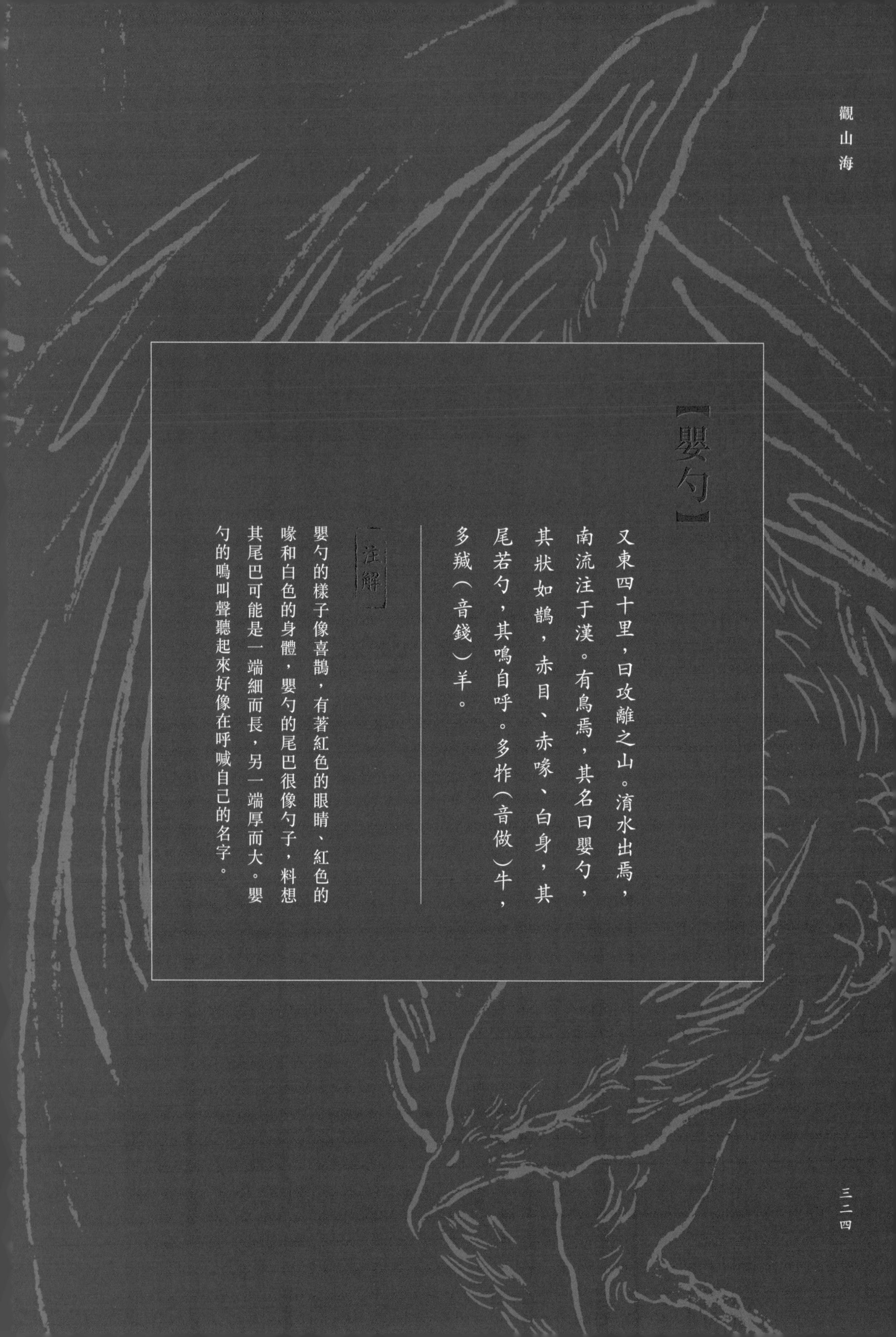

【嬰勺】

又東四十里，曰攻離之山。淯水出焉，南流注于漢。有鳥焉，其名曰嬰勺，其狀如鵲，赤目、赤喙、白身，其尾若勺，其鳴自呼。多㸲（音做）牛，多羬（音錢）羊。

注解

嬰勺的樣子像喜鵲，有著紅色的眼睛、紅色的喙和白色的身體，嬰勺的尾巴很像勺子，料想其尾巴可能是一端細而長，另一端厚而大。嬰勺的鳴叫聲聽起來好像在呼喊自己的名字。

青耕

又西北一百里，曰堇理之山，其上多松柏，多美梓，其陰多丹雘，多金，其獸多豹虎。有鳥焉，其狀如鵲，青身白喙，白目白尾，名曰青耕，可以禦疫，其鳴自叫。

注解

堇理山樹木蔥鬱，林間不時有一些如喜鵲一般的鳥兒飛過，這些鳥兒整個身子幾乎是青色的，只有眼睛、喙和尾巴是白色的，古人把這種鳥兒稱作青耕，據說飼養青耕鳥可以預防瘟疫。

「青耕禦疫，跂踵降災。物之相反，各以氣來。見則民咨，實為病媒。」郭璞將青耕和跂踵這兩種鳥類放在一起對比，一種鳥能助人抵禦疫病，另一種鳥卻會帶來瘟疫，都為鳥類，效用卻完全相反，郭璞說這是因為牠們各自出現的節氣不同。

【三足鱉】

又東南三十五里，曰從山，其上多松柏，其下多竹。從水出于其上，潛于其下，其中多三足鱉，枝尾，食之無蠱疾。

注解

從水的發源地多松柏和翠竹，水中生活著許多只有三條腿的鱉，而且這些鱉的尾巴如同枝椏那樣分叉，食用這種三足鱉可以醫治心志惑亂之病。

在專門記載異聞的《庚巳編》中，三足鱉的功效更加神奇。書中講到太倉有戶人家，男主人捉到一隻三足鱉，叫妻子將鱉煮熟了，他吃了鱉肉便去睡覺。過了一會兒，床上不見其人，只剩下頭髮和一灘血水。鄰居懷疑是這人的妻子謀殺了親夫，隨即報了官。官員審訊了這位妻子，但半天也沒審出個什麼名堂。於是命人取來三足鱉，讓她再按原來的方法烹煮一次，做好後讓死囚吃下，死囚回到監牢後，整個人同樣也化作了血水。

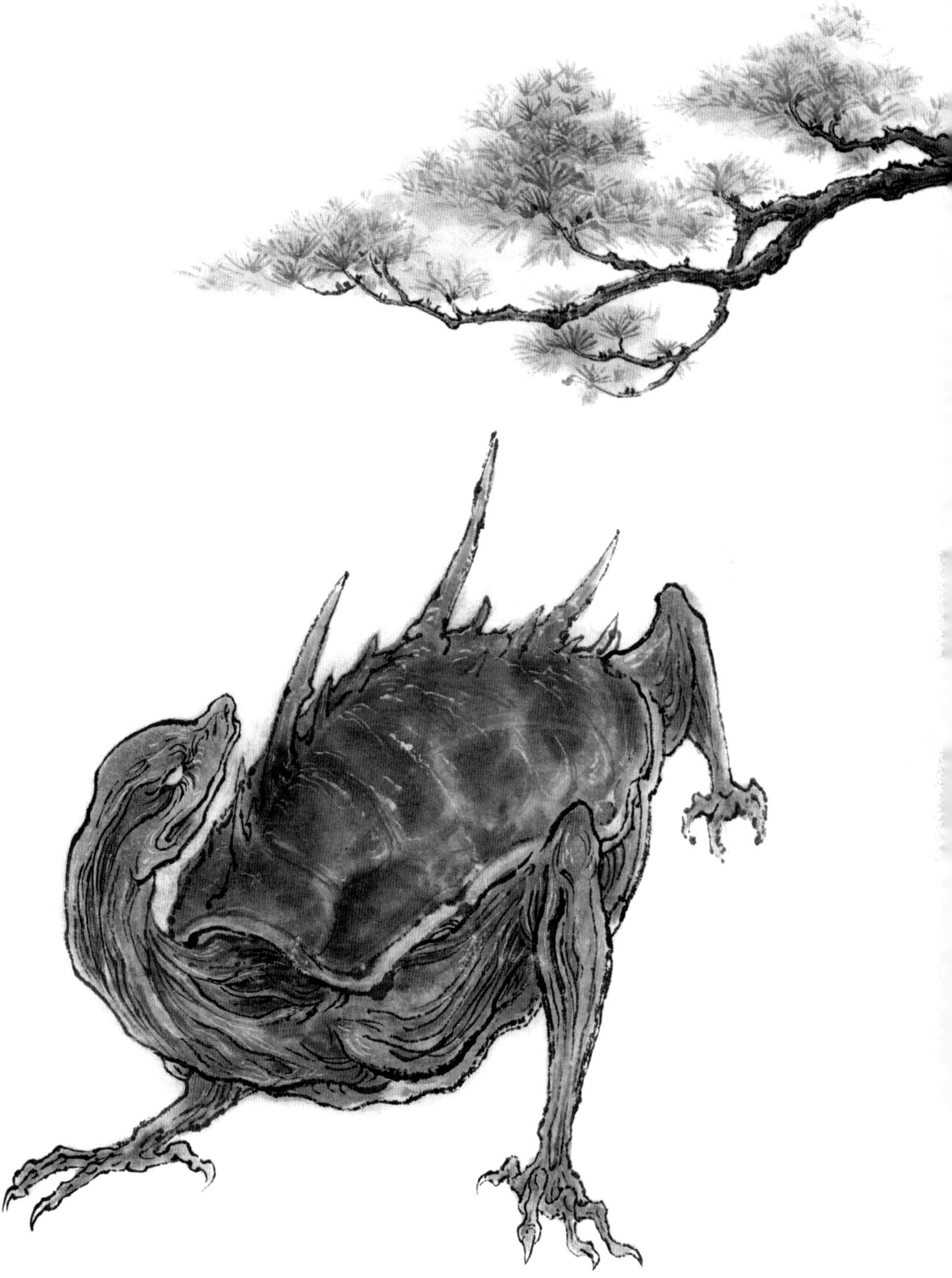

【猁】

又東南二十里，曰樂馬之山。有獸焉，其狀如彙，赤如丹火，其名曰猁（音利），見則其國大疫。

注解

樂馬山上的野獸猁，樣子像刺蝟，全身通紅，宛若一團火焰，牠出現在哪個國家，那個國家就會發生大瘟疫。

【蛟】

又東五十五里，曰宣山，淪水出焉，東南流注于視（音沁）水，其中多蛟。其上有桑焉，大五十尺，其枝四衢，其葉大尺餘，赤理黃華青柎，名曰帝女之桑。

注解

淪水是從宣山中流出的，這條河流有些地方應該是極深的，所以才潛藏得了蛟。

關於蛟的定義，可謂言人人殊，眾說紛紜。有人認為蛟在形態上和龍相似，是古代傳說中龍屬的一種，郭璞在注解《山海經．南山經》中的虎蛟時，就有說：「蛟似蛇，四足，龍屬。」也有以「角」的有無來判定蛟的說法，如《韻會》承認蛟是龍屬，但強調蛟為無角的龍。此外，道教典籍《抱朴子》把蛟描述成雌性的龍，稱「母龍曰蛟」。

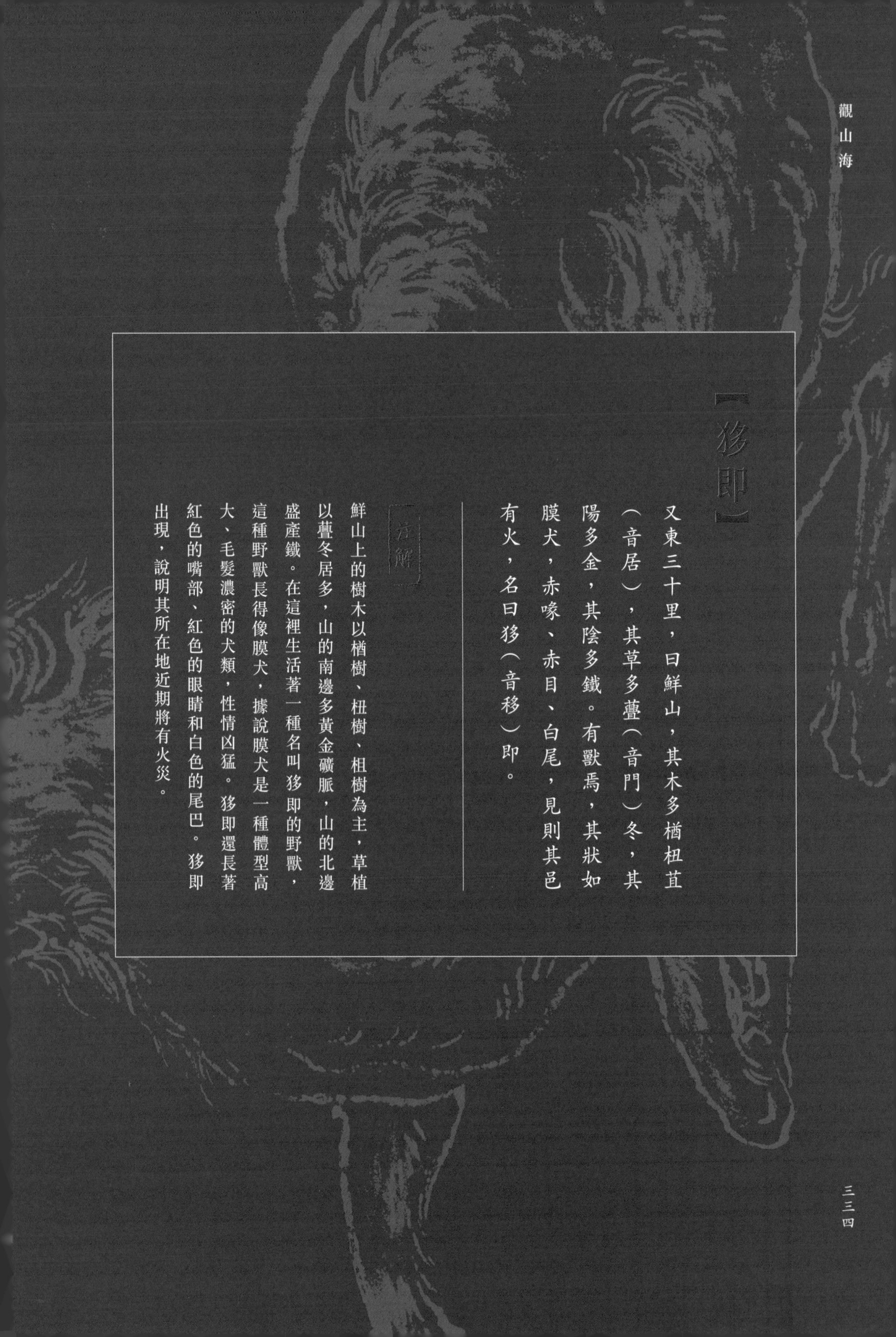

【䝟即】

又東三十里，曰鮮山，其木多楢杻苴（音居），其草多虋（音門）冬，其陽多金，其陰多鐵。有獸焉，其狀如膜犬，赤喙、赤目、白尾，見則其邑有火，名曰䝟（音移）即。

注解

鮮山上的樹木以楢樹、杻樹、柤樹為主，草植以虋冬居多，山的南邊多黃金礦脈，山的北邊盛產鐵。在這裡生活著一種名叫䝟即的野獸，這種野獸長得像膜犬，據說膜犬是一種體型高大、毛髮濃密的犬類，性情凶猛。䝟即還長著紅色的嘴部、紅色的眼睛和白色的尾巴。䝟即出現，說明其所在地近期將有火災。

【梁渠】

又東北七十里，曰歷石之山，其木多荊芑，其陽多黃金，其陰多砥石。有獸焉，其狀如狸，而白首虎爪，名曰梁渠，見則其國有大兵。

注解

歷石山上滿是牡荊和枸杞等植被，山的南面富集著大量的黃金，山的北面盛產細磨刀石。這座山中有一種野獸，外形看上去與狸貓類似，牠的面部呈白色，長著老虎的爪子，這種野獸名叫梁渠，牠若現身，這個國家將會爆發大規模的戰爭。

有學者指出，梁渠或是果子狸，學名花面狸。果子狸外形與狸貓有相似之處，鼻子到額頭的毛呈白色帶狀，眼睛及耳朵周圍也長滿了白毛。果子狸的前後肢都有五趾，每個趾上都有尖尖的爪，看上去與虎爪有些許相似。

【䳅鵌】

又東二百里，曰丑陽之山，其上多椆椐（音愁居）。有鳥焉，其狀如烏而赤足，名曰䳅鵌（音止圖），可以禦火。

注解

可能是因為喜歡漫山遍野的椆樹和椐樹，䳅鵌選擇生活在丑陽山。䳅鵌這種鳥，牠的樣子如同烏鴉，但又與烏鴉不同——䳅鵌的爪子是紅色的，人們可以飼養這種鳥來防禦火災。

在《山海經》裡，可以抵禦火災的動物不在少數，鳥類中形象具有代表性的有〈西山經〉裡的鴖和〈中山經〉中的竊脂等，牠們一個棲息於符禺山中，形同翠鳥，長著紅色嘴巴，另一個外形與貓頭鷹相似，有著紅色的身體和白色的腦袋。

【聞獜】

又東三百五十里，曰几山，其木多楢檀杻，其草多香。有獸焉，其狀如彘，黃身、白頭、白尾，名曰聞獜（音臨），見則天下大風。

注解

人們把聞獜視作風災的預報者，聞獜一旦出現，人們就該做好迎接大風的準備。聞獜有著豬一般的模樣，牠身體的大部分為黃色，唯有一頭一尾呈白色。一般情況下，這種野獸出沒在几山一帶。

【㐬身人首神】

凡荊山之首，自翼望之山至於几山，凡四十八山，三千七百三十二里。其神狀皆㐬身人首。其祠：毛用一雄雞祈瘞，嬰用一珪，糈用五種之精。

注解

㐬身人首神，是荊山山系的山神。從翼望山到几山的四十八座山，都屬於荊山山系，這個山系一共有三千七百三十二里。祭祀這些山神時，不同的大山有稍微不同的要求，但一般的禮儀是：祭祀需選用公雞，先用公雞來祈福，然後將其埋入地下，一同埋入地下的，還應有一塊珪玉。此外還需注意的是，祭祀的精米應選用五種穀物。

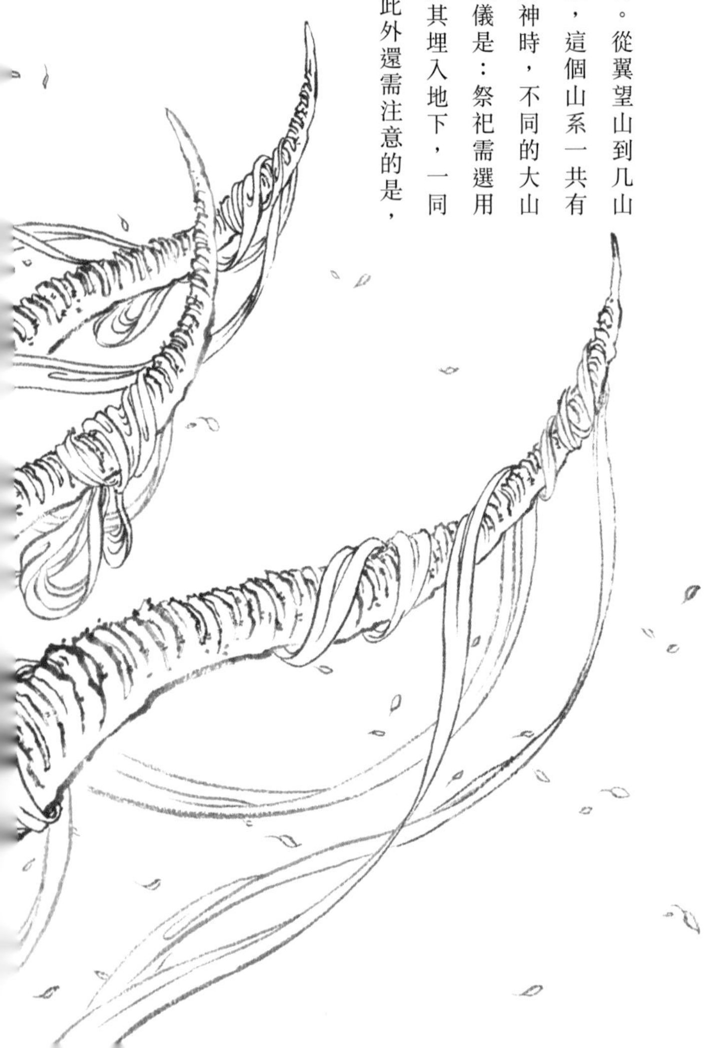

【于兒神】

又東一百五十里，曰夫夫之山，其上多黃金，其下多青、雄黃，其木多桑楮，其草多竹、雞鼓。神于兒居之，其狀人身而手操兩蛇，常遊於江淵，出入有光。

注解

夫夫山物產豐富，山上有不少的黃金礦石，石青和雄黃也容易在山下收集到，山間草木蔥鬱。名叫于兒的神，就住在這個環境優美又有靈氣的地方，這位神的樣子和人並沒有什麼兩樣，但他手上持有兩條蛇。于兒神常常在江淵遊歷，出入時一路光亮。

〔蛫〕

又東南二百里，曰即公之山，其上多黃金，其下多㻬琈之玉，其木多柳杻檀桑。有獸焉，其狀如龜，而白身赤首，名曰蛫（音軌），是可以禦火。

〔注解〕

即公山上有黃金礦石掩埋於地下，山下經常能發現㻬琈美玉，山體被鬱鬱蔥蔥的樹木覆蓋，其中較為常見的樹木是柳樹、杻樹、檀樹、桑樹等。此山中有一種獸類，古人稱之為蛫。在其他的一些古書上，如《說文》，將蛫解釋為蟹，《集韻》也說蛫乃「蟹六足者」。但《山海經》描述的蛫，模樣看起來如同烏龜，身體是白色的，腦袋是紅色，據說蛫也是一種可以預防火災的瑞獸。

【鳥身人面神】

凡荊山之首，自景山至琴鼓之山，凡二十三山，二千八百九十里。其神狀皆鳥身而人面。其祠：用一雄雞祈瘞，嬰用一藻圭，糈用稌。

注解

荊山山系，從景山到琴鼓山，共二十三座山，總共二千八百九十里。這些山的山神，身為鳥身，長有人的面孔。祭祀這些山神時，祭物選用一隻公雞，祭祀後埋入土中。同時，還需要一塊藻圭，祭祀的精米需選用稻米。

觀山海

卷六・海經

〈海經〉部分涵蓋了海外四卷、海內四卷、大荒四卷及海內經一卷共十三卷內容。海經卷多述異族異人，大荒卷多講神話傳說，兩者所涉異獸不多，因此本書予以合併，多擇異獸刻畫。

比翼鳥

比翼鳥在其東，其為鳥青、赤，兩鳥比翼。一曰在南山東。

注解

說到比翼鳥，我們腦海中馬上浮現出來的或許是白居易〈長恨歌〉裡的「在天願做比翼鳥，在地願為連理枝」，這兩句成為無數痴男怨女的愛情信條，比翼鳥也成為恩愛夫妻的象徵。比翼鳥在《山海經．西山經》的名字也叫做「蠻蠻」，是一種預示水災的鳥。

〈海外南經〉中記錄的比翼鳥，鳥羽青紅相間，只有兩隻併在一起，才能飛翔。

【讙頭國人】

讙頭國在其南，其為人人面有翼，鳥喙，方捕魚。一曰在畢方東。或曰讙朱國。

注解

讙頭國，或者稱為讙朱國，該國的人都長著人的面孔卻有一對翅膀，嘴像鳥嘴，他們正在捕魚。

袁珂認為讙頭國、讙朱國也作驩兜國、丹朱國，並引〈丹朱與驩兜〉作為論據，講述了讙頭國的由來：相傳堯讓位給了非親非故的舜，而不是他的兒子丹朱。為此，三苗之君十分同情丹朱，但因此給自己惹來殺身之禍，丹朱也遭放逐。之後，丹朱聯合三苗餘眾發動叛亂，兵敗後投南海而死。堯因憐憫死去的兒子，故讓丹朱的後嗣在南海生存繁衍，逐漸形成了讙頭國。

厭火國人

厭火國在其南，其為人獸身黑色，火出其口中。一曰在讙朱東。

注解

厭火國在南邊，一說厭火國在讙頭國的東邊。厭火國人的身體簡直像是野獸，全身都呈黑色，他們口中還能吐出火來。

【刑天】

刑天與帝爭神，帝斷其首，葬之常羊之山。乃以乳為目，以臍為口，操干戚以舞。

注解

刑天與天帝爭奪神位，在爭鬥中，天帝砍掉了刑天的腦袋，並把他的腦袋埋在了常羊山。當然，被砍掉腦袋之後，刑天才得此名，身體完整時，其名不詳。刑天的乳頭就變成了眼睛，他的肚臍眼化作了嘴巴，一手持盾牌一手揮大斧繼續作戰。

相傳，刑天本是炎帝的臣子，炎帝曾命刑天創作過樂曲〈扶犁〉，天帝乃黃帝，故刑天與天帝之爭，實則為神話中炎帝與黃帝之爭的一部分。

【并封】

并封在巫咸東，其狀如彘，前後皆有首，黑。

注解

并封出現在巫咸國的東邊，牠的樣子看起來像豬，但有兩個腦袋，分別位於身體的前後兩端，牠的全身上下均為黑色。與并封類似，《山海經．大荒西經》中的屏蓬「左右有首」。聞一多的《伏義考》認為并封也作「并逢」，并字與逢字都為「合」意，是異獸雌雄同體的意思。也有學者認為，諸如兩頭蛇、兩頭鳥之類的異獸，都可歸為「并封類」。

【軒轅國人】

軒轅之國在此窮山之際，其不壽者八百歲。在女子國北，人面蛇身，尾交首上。

注解

軒轅國在窮山的邊界之處，處於女子國的北邊。這個國家的人普遍長壽，即便是壽命稍短的那些人，也能活八百歲左右。軒轅國的國民，人面蛇身，尾巴交疊於頭上。

中國古代志怪小說集《博物志》中描繪的軒轅國，更有浪漫色彩，平日裡，軒轅國人在天地間，和鸞鳥一同跳舞，他們以鳳卵為食，飲甘露解渴，或許這是他們普遍長壽的原因之一。袁珂認為，上古時代的天神多為人面蛇身或者人首龍身，軒轅國為人面蛇身，或許與天神有一定的關聯，有「神子之態」。

【龍魚】

龍魚陵居在其北，狀如鯉。一曰鰕（音蝦）。即有神聖乘此以行九野。

注解

龍魚居住在沃野的北邊，牠的外形類似於鯉魚，一說龍魚長得像娃娃魚。有神仙乘龍魚遊歷於九州的原野之上。

有人認為龍魚就是《山海經．海內北經》中的陵魚，因為郭璞對龍魚注解有「一曰鰕」，是娃娃魚，娃娃魚也被認為是人魚，與〈海內北經〉對陵魚的描述吻合。在其他神話故事中，陵魚的形象繼續被細化，有記載說其身形龐大，能夠吞下一艘船，並且其腹背有三角形的刺。

【乘黃】

白民之國在龍魚北，白身被髮。有乘黃，其狀如狐，其背上有角，乘之壽二千歲。

注解

正如白民國名字所傳遞出的含義，這個國家的人全身皮膚白皙，他們的頭髮散亂地披著。白民國境內有一種像狐狸的野獸叫乘黃，牠的背上長著角。如果誰能騎在牠的背上，他就能有兩千歲的壽命。

《山海經》中「狀如狐」的異獸不少，見了牠們多沒有好事發生，如食人的九尾狐、預示旱災的獙獙、預報恐怖之事的朱獳、警示內戰的㹢狼等，但此處的乘黃卻以瑞獸的形象出現，實屬例外。

乘黃有時也作為良駒的別稱，杜甫曾詩曰「乘黃已去矣，凡馬徒區區」，藉以表達自己嘆息之情。

【奢比尸】

奢比之尸在其北，獸身、人面、大耳，珥兩青蛇。一曰肝榆之尸在大人北。

注解

奢比尸這個名字聽起來讓人毛骨悚然，但奢比尸其實是一位神，《山海經．大荒東經》中也有對這位神的記載。他居於大人國的北面，有著野獸的身體，人的面孔，耳朵很大，耳朵上穿掛著兩條青蛇。一說處於大人國北面的是肝榆尸。

郝懿行在《山海經箋疏》中推測，奢比尸就是《管子．五行》中提到的奢龍，《管子．五行》曰：「昔者黃帝得蚩尤而明於天道，得大常而察於地利，得奢龍而辯於東方。」奢龍是黃帝的輔佐神之一，黃帝曾任命他為土師。

【天吳】

朝陽之谷，神曰天吳，是為水伯。在䖝䖝（即虹）北兩水間。其為獸也，八首人面，八足八尾，背青黃。

注解

朝陽谷位於䖝䖝國北邊的兩條大河之間，是一位名叫天吳的神的居所，他是神話傳說中的水神。這位神看起來是野獸的樣子，八首八足八尾，每個腦袋上都長著人臉，背上的斑紋青黃相間。

《山海經．大荒東經》中也有關於天吳的描述，「八首人面，虎身十尾」，兩處的天吳，特徵基本一致。

【扶桑】

下有湯谷。湯谷上有扶桑，十日所浴，在黑齒北。居水中，有大木，九日居下枝，一日居上枝。

注解

黑齒國下邊是湯谷，湯谷裡有一棵赫然挺立的扶桑樹，這是十個太陽的沐浴之所。人們能識別出茫茫一片的水域，水中有一棵大樹，大樹枝幹的上方有一個太陽，另有九個太陽位於枝幹的下方。

【句芒】

東方句（音勾）芒，鳥身人面，乘兩龍。

注解

東方的句芒，有著人的面孔和鳥的身體，乘於兩龍之上，威風八面。

句芒在《山海經》中算得上一位有分量的「人物」，僅從其乘兩龍就可見其地位非同一般。《禮記》、《呂氏春秋》、《尚書大傳》等書均在句芒前冠以「神」字。相傳，句芒是傳說中上古帝王少皞氏的後裔，也有說是少皞氏的叔叔。

提起句芒，就不得不說到太皞，太皞又被稱作大皞、太昊、太皓，其實他就是我們耳熟能詳的伏羲氏，據記載，太皞「以木德王天下之號，死祀於東方，為木德之帝」。句芒是太皞的輔佐神，故也為木神，手持圓規，身負協助東方天帝太皞管理春天的重任，主宰春天草木的生長。

【巴蛇】

巴蛇食象，三歲而出其骨，君子服之，無心腹之疾。其為蛇青黃赤黑，一曰黑蛇青首，在犀牛西。

俗語說，貪心不足蛇吞象，《山海經．海內南經》中記載的巴蛇，就是這樣的一種蛇，牠吃下大象後，要三年過後才會吐出象骨。君子若是吃了巴蛇，就不會心痛和肚子痛。巴蛇身上四種顏色相間，分別是青色、黃色、紅色和黑色。

〈海內經〉中也記錄了一種類似巴蛇的蛇，牠們生活在硃卷國，全身黑色，頭部為青色，也可吞象。有學者認為，《山海經》中多種蛇都可歸為巴蛇種類，如大咸山中長著豬毛的長蛇、跂踵山中白身紅首的大蛇等。

開明獸

昆侖南淵深三百仞。開明獸身大類虎而九首，皆人面，東向立昆侖上。

注解

崑崙南邊的深淵足足有三百仞。開明獸身子大如老虎，但長了九個腦袋，都是人的面孔，在崑崙山上向東而立。

在《山海經》中，崑崙山充滿誘惑力，但又是危機四伏、戒備森嚴之地。崑崙之虛，方八百里，高萬仞，山上長著如大樹般的稻穀，高達五尋，需五個人才能合抱。古時八尺為一尋，古人常說「堂堂七尺男兒」，也就是說這類穀物的高度，相當於五、六個當時的成年男子相疊的高度。

崑崙山的每一面，都有九井和九門，每一道門，都有開明獸把守。百神所在之地，由開明獸守衛，想必開明獸是負責而有能力的，身上的九頭可觀各方，或許正是為守衛神山的使命而生。

【六首蛟】

開明南有樹鳥；六首蛟、蝮、蛇、蜼、豹、鳥秩樹，于表池樹木；誦鳥、鶽、視肉。

注解

在開明獸的南邊，生活著樹鳥、蝮蛇、長尾猿、豹子，以及鳥秩樹等多種動物，最為奇特的是長著六個腦袋的蛟，這些動物環繞地分布在一個水池周圍。也有版本認為，長有六個腦袋的是樹鳥，其斷句為「開明南有樹鳥，六首；蛟、蝮、蛇、蜼、豹、鳥秩樹，于表池樹木」。

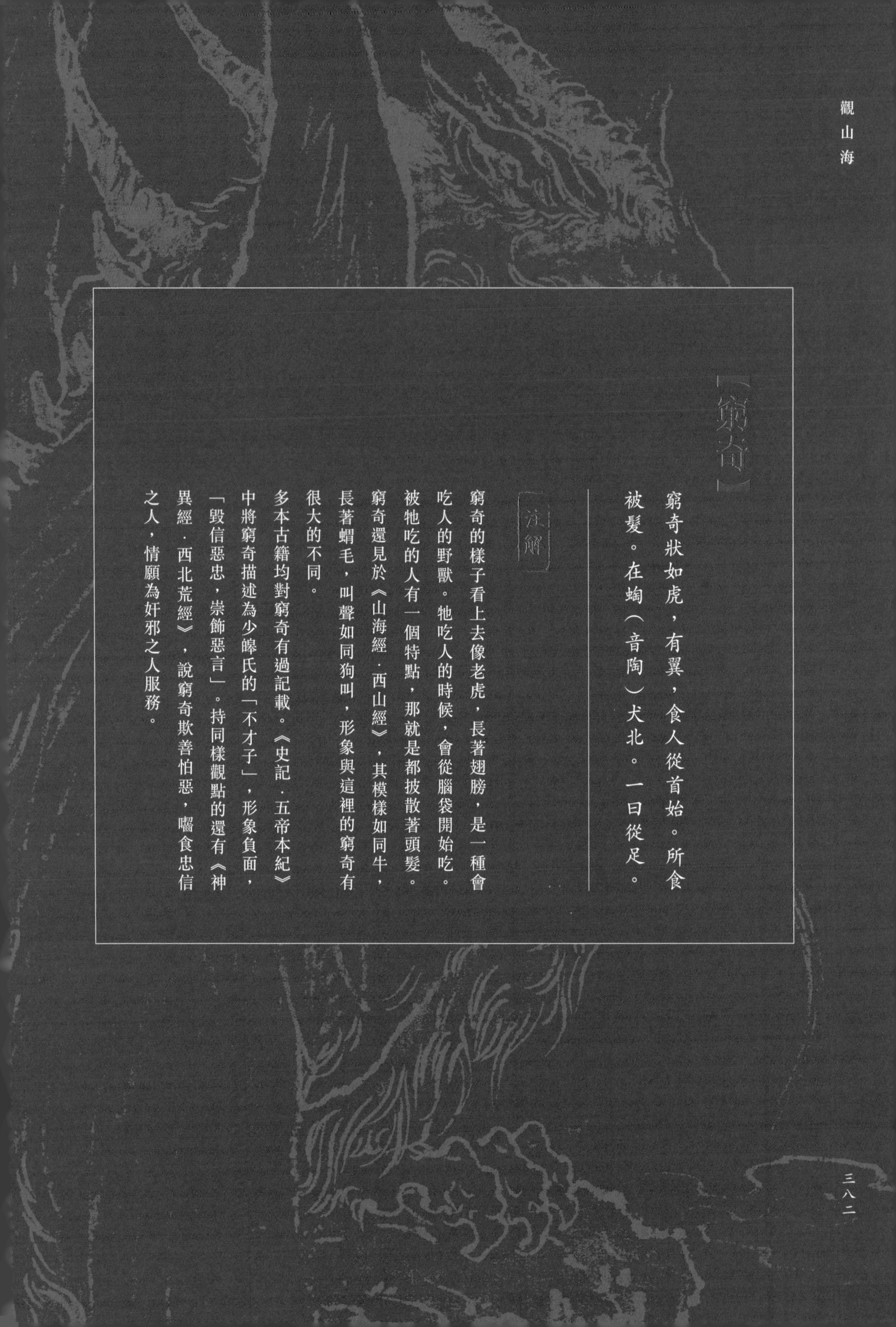

【窮奇】

窮奇狀如虎，有翼，食人從首始。所食被髮。在蜪（音陶）犬北。一曰從足。

注解

窮奇的樣子看上去像老虎，長著翅膀，是一種會吃人的野獸。牠吃人的時候，會從腦袋開始吃。被牠吃的人有一個特點，那就是都披散著頭髮。

窮奇還見於《山海經．西山經》，其模樣如同牛，長著蝟毛，叫聲如同狗叫，形象與這裡的窮奇有很大的不同。

多本古籍均對窮奇有過記載。《史記．五帝本紀》中將窮奇描述為少皞氏的「不才子」，形象負面，「毀信惡忠，崇飾惡言」。持同樣觀點的還有《神異經．西北荒經》，說窮奇欺善怕惡，囓食忠信之人，情願為奸邪之人服務。

【闒非】

闒（音踏）非，人面而獸身，青色。

【注解】

闒非長著人的面容和野獸的身子，渾身上下都呈青色。

【大蟹】

大蟹在海中。

【注解】

海中有一種蟹十分巨大，相傳最大的可身長千里。

【環狗】

環狗，其為人獸首人身。一曰蝟狀如狗，黃色。

注解

環狗的樣子讓人畏懼，牠長著野獸的腦袋，腦袋以下卻又是人的身體。還有一種說法是，環狗既像刺蝟，又像狗，渾身的毛色為黃色。

環狗的模樣，讓人聯想到「龍狗盤瓠」的神話。相傳，高辛王時，有一年皇后娘娘得了耳疾，久治不癒。後來終於從她耳朵中挑出一條金蟲，誰知這條蟲竟變成了一隻狗。先前醫者用瓠子盛放著這條蟲，又用盤子蓋著，故這隻蟲變的狗被稱作「盤瓠」。盤瓠在國家危亡之際立下大功，按王的承諾，立功者可娶公主為妻。為此，盤瓠要求把自己放入金鐘裡，聲稱七日後自己便可化身為人，與公主成親。但在第六日，公主揭開了金鐘，盤瓠的身體全部化為人形，唯獨腦袋還是狗頭。盤瓠就以這樣的形象和公主前往深山，在深山中過著平凡而幸福的生活。

【騶吾】

林氏國有珍獸，大若虎，五采畢具，尾長于身，名曰騶吾，乘之日行千里。

注解

林氏國有一種稀有的野獸，體型和老虎差不多大，身上一共有五種顏色，尾巴比身體還長，這種野獸被稱作騶吾，騎上牠可以在一日之內馳騁千里。

騶吾又作騶虞，自古就被奉為瑞獸或義獸，宋人戴埴在《鼠璞．騶虞》中寫道：「龍仁獸，鳳禮獸，騶虞義獸，龜、麟知與信獸。」騶虞與古代傳說中的四靈同時出現，可見古人對騶虞的崇敬之心。在《六韜》中，騶虞也在一個故事片段中出現，相傳商朝紂王囚禁了周文王，後來西周開國功臣的徒弟從林氏國求得瑞獸騶虞，將其獻給了紂王，紂王十分高興，便釋放了文王。

【陵魚】

陵魚人面，手足，魚身，在海中。

注解

按《山海經》的描述，陵魚可能和我們印象中的美人魚差不多，牠們生活在海中，有著人的面容和人的雙手，而且陵魚還長有人腳，這是安徒生童話中的美人魚所不具備的。

在中國古代神話中，還有一種人魚，見於晉代干寶所著的《搜神記》：「南海之外，有鮫人，水居，如魚，不廢織績。其眼泣，則能出珠。」雖僅有寥寥幾筆，但鮫人的神韻絕對不亞於安徒生童話中的美人魚，在岸的鮫人，為何對月流珠，給人留下了無限的想像空間。

【雷神】

雷澤中有雷神，龍身而人頭，鼓其腹。在吳西。

注解

雷神居住在雷澤之中，這個地方位於吳地的西面。雷神龍身而人頭，只要拍拍自己的肚子，世間便會響起雷聲。

《山海經》此處所提到的雷神，又被稱作雷獸。傳說華胥國有一女子，踩到了雷澤邊巨大的腳印，之後便生下宓犧，也就是伏羲。有人認為那巨大的腳印，便是雷神留下的，也就是說，我們熟知的伏羲是雷神之子。

後世所稱的「雷神」，泛指所有掌管雷電的鬼神。古代神話中的「雷神」紛繁複雜，不同的古籍對雷神的特徵描述不同，對雷神的人數規定也不盡相同。

【夔】

東海中有流波山，入海七千里。其上有獸，狀如牛，蒼身而無角，一足，出入水則必風雨，其光如日月，其聲如雷，其名曰夔。黃帝得之，以其皮為鼓，橛（音絕）以雷獸之骨，聲聞五百里，以威天下。

注解

流波山矗立於東海之中，距離海岸有七千里之遠。流波山上有一種野獸，模樣和牛相似，牠的身子是青色的，但頭上並未長角，並且只有一條腿。這種野獸出入定會風雨肆虐，牠發出的光輝如同日月，牠的吼聲如同雷鳴，這怪獸名叫夔。黃帝曾捕獲過夔，用牠的獸皮製成鼓，用雷獸的骨頭來擊打這面鼓，聲音能夠傳到五百里外，以此便可威震四方。

堯的一名樂官也叫做夔，也只有一隻腳，有人猜想兩者在神話中或許有一定的關聯。這位名為夔的樂官，能用石頭擊打出美妙的音樂，各種動物聽了也會翩翩起舞。他所作之曲中，〈大章〉最為出名，據說這首曲子博採自然之音，可以撫慰心緒、平息爭端。

【跊踢】

南海之外，赤水之西，流沙之東，有獸，左右有首，名曰跊（音觸）踢。

注解

跊踢的身體左右兩邊各有一個腦袋，牠生活在南海以外，介於赤水的西邊和流沙的東邊。

【鸓鳥】

有青鳥，身黃，赤足，六首，名曰鸓（音觸）鳥。

【注解】

鸓鳥是一種青鳥，身上的羽毛為黃色，鳥爪呈紅色，長著六個鳥頭。

【雙雙】

（南海之外，赤水之西，流沙之東）有三青獸相並，名曰雙雙。

注解

雙雙是三頭青色野獸的合體。關於雙雙的解釋，不同的《山海經》注釋者有不同的見解。郭璞引用《公羊傳》中「雙雙而俱至者」的說法，認為雙雙是三頭青獸「體合為一」。而楊士勳認為，雙雙是鳥，「一身二首，尾有雌雄，隨便而偶；常不離散，故以喻焉」。這樣的形態，同雙雙這個名字的含義倒是比較吻合。

【狂鳥】

有五采之鳥，有冠，名曰狂鳥。

注解

有一種鳥類名叫狂鳥，牠身上的羽毛五顏六色，頭上長著冠。

對於狂鳥，郭璞注解道：「狂，夢（㝱）鳥。」他認為狂鳥應該為夢鳥，對於這個「夢」字，袁珂做出了這樣的解釋：「按狂即皇（凰），夢（㝱）即鳳，皆音之轉。」即夢和狂二字，其實為鳳和凰二字的諧音。

弇茲

西海陼（通渚）中，有神，人面鳥身，珥兩青蛇，踐兩赤蛇，名曰弇（音煙）茲。

注解

西海中的一座小島上，住著一位名叫弇茲的神。弇茲的面容與普通人並沒有什麼不同，但身子如同鳥類，兩耳穿掛著兩條青蛇，腳下還踩著兩條紅蛇。

弇茲和《山海經．海外北經》中禺疆（音強）的外形幾乎完全一樣，只是細微之處略有不同，弇茲腳下踩的蛇為紅色，而禺疆腳下踩的蛇為青色。《山海經．海外東經》中句芒的形象也和弇茲相似，鳥身人面，乘兩龍。句芒是「木官之神」，據說鄭穆公曾在廟宇中遇到過句芒，因鄭穆公品德崇高賢明，天帝派句芒為他延壽十九年，使其國運更加昌盛。

【屏蓬】

有獸，左右有首，名曰屏蓬。

注解

有一種怪獸，身體的左右兩邊都長著腦袋，這種怪獸名叫屏蓬。

郭璞說屏蓬即并封，并封的樣子與豬相似，前後都長著一個腦袋，身體呈黑色。而郝懿行認為：「并封前後有首，此云左右有首，又似非一物也。」他認為兩異獸的腦袋生長方向不同，否認了并封和屏蓬是同一種生物的說法。

【天犬】

有巫山者。有壑山者。有金門之山，有人名曰黃姖（音巨）之尸。有赤犬，名曰天犬，其所下者有兵。

注解

天犬是一種紅色的犬類，天犬出現，天下必定狼煙四起。《山海經．西山經》記載了樣子如同狸貓、長著白色腦袋的天狗。天狗和天犬在字面上看似一致，但這兩種異獸在各方面都是大相逕庭的，不光在外形上有差異，連各自所帶有的寓意也是對立的。天狗可以抵禦凶患，而天犬的出現往往預示著戰亂。

【魚婦】

有魚偏枯，名曰魚婦，顓頊死即復蘇。風道北來，天乃大水泉，蛇乃化為魚，是為魚婦。顓頊死即復蘇。

注解

魚婦半邊身子是乾枯的，據說牠是顓頊死後所化的魚。大風從北邊吹來，天下起大雨，大雨如同泉湧一般，此時蛇變成了魚，這種魚便是魚婦，顓頊便是借這種魚死而復生。

顓頊是黃帝的曾孫，關於顓頊與黃帝的血緣關係，《山海經．海內經》記載，「黃帝妻雷祖，生昌意，昌意降處若水，生韓流」，韓流「取淖子曰阿女，生帝顓頊」。顓頊在神話傳說中是北方的天帝，被稱為「黑帝」，地位僅低於黃帝。後來顓頊繼承了其曾祖父的神權，成為中央天帝。顓頊自小就顯示出卓越的治理才能，成為中央天帝後，他派神阻斷連通天地的天梯，由此阻斷了人和神溝通的途徑。

【猎猎】

有叔歜（音觸）國，顓頊之子，黍食，使四鳥：虎、豹、熊、羆。有黑蟲如熊狀，名曰猎猎。

注解

叔歜國的國民都是顓頊的後代，黃米是他們的主要食物，他們能夠馴化虎、豹、熊、羆四種動物。叔歜國中還有一種野獸，渾身漆黑，外形如同黑熊，牠的名字叫做猎猎。

海經

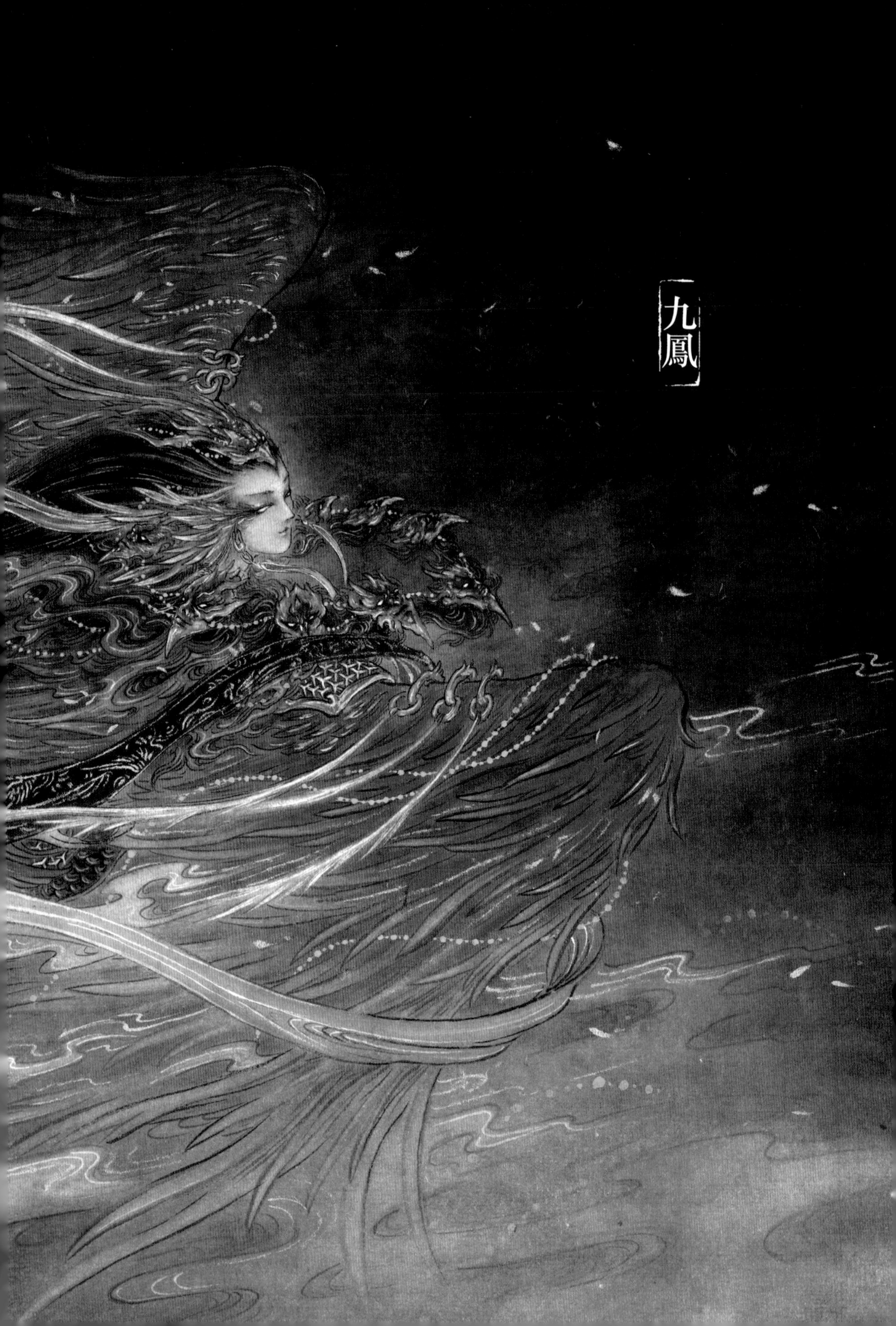
九鳳

【九鳳】

大荒之中，有山名曰北極天櫃，海水北注焉。有神，九首人面鳥身，名曰九鳳。

注解

北極天櫃山位於大荒之中，山中有一神，神的名字叫九鳳，長著九個人頭，身子卻是鳥身。

有一種觀點認為，此處介紹的九鳳，就是中國古代神話中九頭鳥的原型。九頭鳥在最開始的時候是一種神鳥，是古時楚人心中崇拜至極之物。後來，九頭鳥慢慢演變成了不祥之鳥，鬼車就是其中具有代表性的形象之一。鬼車，有九頭十頸，據說原為十頭，被狗咬掉了一個，這種怪鳥出現於春夏之季，陰晦之時。鬼車喜歡飛到人的家裡，牠那無頭頸上的血液如果滴落在誰家，這家人就會災咎纏身。

【琴蟲】

大荒之中，有山名曰不咸。有肅慎氏之國。有蜚蛭，四翼。有蟲，獸首蛇身，名曰琴蟲。

注解

大荒之中，有一座山名叫不咸山，有一個國家名叫肅慎氏國，據說琴蟲就生活在這裡。琴蟲應該是一種蛇，牠長著野獸的腦袋和蛇的身體。

【強良】

（北極天櫃山）又有神，銜蛇操蛇，其狀虎首人身，四蹄長肘，名曰強良。

注解

北極天櫃山中另有一神，被稱作強良。這位神嘴裡銜蛇，手中持蛇，有著人的身軀、老虎的腦袋，共有四隻蹄子，臂肘很長。

不論是〈山經〉部分，還是〈海經〉部分，都記載了不少人與虎相結合的神，如英招、西王母、泰逢、天吳等。老虎強健、威猛、凶悍，是武力和權力的象徵，同時也被古人視作一種有著超自然力量的靈物。中國有著悠久的崇虎習俗，上古時期，許多氏族部落都將虎作為圖騰，在天災來臨或征戰擴張時，祈禱能得到虎的庇護。人們崇拜虎，後來發展成為對虎的神化，《山海經》對這一點已有所體現。在另外的一些古籍中，虎還被描述為人通往神界的媒介或神明的侍從。

【相繇】

共工之臣名曰相繇（音遙），九首蛇身，自環，食于九山。其所歍（音烏）所尼，即為源澤，不辛乃苦，百獸莫能處。禹湮洪水，殺相繇，其血腥臭，不可生穀，其地多水，不可居也。禹湮之，三仞三沮，乃以為池，群帝因是以為臺。在昆侖之北。

【注解】

共工的一名臣子名叫相繇，九首蛇身，身體時常盤繞著，他常常在九座山中獲取食物。相繇嘔吐或停留的地方，都會變成沼澤，這些沼澤所散發出的氣味不是辛辣就是苦澀，獸類簡直無法在這些地域生存下去。大禹治水時，相繇被殺死，相繇身上流出了大量的血，腥臭至極，被相繇的血沾染過的土地再也無法種植穀物，而且，這些地方水災頻發，人不能在此地居住。大禹當時填堵了這些地方，屢次填堵屢次崩塌，最後只能把這些地方挖成水池。諸位天帝便用挖出的土築建了幾座高台，據說這些台子的位置在崑崙山的北邊。

【苗民】

西北海外，黑水之北，有人有翼，名曰苗民。顓頊生驩頭，驩頭生苗民，苗民釐姓，食肉。有山名曰章山。

注解

苗民長著翅膀，以肉為食，生活在西北海外、黑水之北。苗民姓釐，是顓頊的孫輩，顓頊生了驩頭，驩頭生了苗民。

郭璞指出，這裡的苗民即為「三苗之民」，亦即〈海外南經〉中所提到的「三苗國」的國民。三苗國位於赤水的東面，國民們總是相隨而行，也有說法稱三苗國叫做三毛國。關於三苗國的由來，郭璞注解，當年堯把天下禪讓給舜，三苗之君對此頗有些意見，堯因此殺了三苗之君，而後苗民們反叛，遷居南海，在那裡建立了三苗國。

〔蜈蛇〕

有禺中之國。有列襄之國。有靈山，有赤蛇在木上，名曰蜈（音如）蛇，木食。

注解

有一個禺中國，還有一個列襄國，在這個區域有一座靈山，靈山中常有蜈蛇。這是一種通體紅色的蛇，牠總是盤踞在樹木上，並以樹木為食。這一點很罕見，因為據我們目前所知，所有的蛇類都是肉食性動物。

【㚤狗】

又有青獸如菟，名曰㚤（音俊）狗。

有翠鳥。有孔鳥。

注解

㚤狗其實並不是犬類，牠更像是一種皮毛為青色的兔子。

後記

觀山海

用讀書隨筆對《山海經》的這場致敬，到此就暫告一段落了。這些日子的所感所想，也都變成圖像匯集在這《觀山海》裡了。曾想透過《山海經》去倚望神話世界，卻發現它本就是一方無邊的天地，還來不及駐足於每道美景之前，旅途便到了我力所能及的盡頭，只有案桌上枝枝舊去的畫筆，替我珍藏著這段時光。

自己也曾是一名瘋狂追逐動漫的少年，在課本上偷偷描摹那些漫畫裡奇幻的生物時，內心總有著一種難以言喻的快樂和嚮往，卻不知那每天遊走在腦海裡騰雲駕霧的妖怪，其實大多源自我們腳下的這片土地，源自那本曾在小學課文裡見過名字的《山海經》。就連高中畢業時，老師翻著被我畫滿塗鴉的課本，也打趣道：「這麼喜歡畫，要不你以後都畫妖魔鬼怪好了……」現在想起這句玩笑，覺得格外親切，或許就在那時，心裡早有這麼一個連自己都不曾注意過，卻已漸漸扎根的夢想。

之後這些年，雖然一直在探索中國神話，卻從未全面系統地去瞭解《山海經》，所以《觀山海》對我來說，更是一次學習。畢業後，回到老家成了個「閒散之人」，有了更多的時間去重新瞭解《山海經》，起初鳥瞰式的走馬觀花，就迷上了經卷內的異獸妖物，為了將這些「遠古生靈」記得更加深刻，便在閱讀之餘在冊頁上描了些形態，誰知這一描，便上了癮。

而越到後來，越不覺得《山海經》僅是一本志怪古籍了。經卷中的生靈，雖荒誕不經，但存有著先民們關於世界的大量原始觀念與想像，或許也是那最早的「人心營構之象」。而更有趣的是，我們能在其中追尋到許多經典的神人異獸或起源，或演變的蛛絲馬跡，如西王母、九鳳等，他們在後世的傳說中被賦予了別樣的意義或造型，好在我們還能在《山海經》中尋覓他們最初的模樣。除此之外，還有那時常出現在《山海經》裡的「人面蛇身」、「人面鳥身」的妖物，在牠們看似純粹的造型下，其實包涵著濃厚的社會觀念。透過山海經，我們彷彿還能看到曾經那些殘酷的戰爭、氏族的遷徙，以及最終的逐漸融合，這些異獸或許也是湮沒在時間長河裡的原本在中國大地上具有悠久歷史的圖騰旗幟。

每當透過經文去仰望先祖的智慧與想像時，總倍感親切，也感到如履薄冰。我渴望用自己的方式盡力去呈現這些瑰麗的神怪，又擔心這初生牛犢般的莽撞顯得匆忙無禮，在那張被卷宗鋪滿的畫桌上，已經記不清有多少次陷入自我的否定與掙扎中了。可繪畫不就是一種自白嗎？索性就讓這野路子的畫法去呈現這片心中的山海景象，也算是實現了一場對自己來說轟轟烈烈的夢想。數了數畫完的冊頁本，疊起來也快半公尺高了，雖前後經歷了多次修改替換，卻也始終難展現《山海經》魅力的萬分之一。

抬頭望見窗外的小路又被株株玉蘭映亮，提筆到現在，已過去三年了。有幸能將《觀山海》集結成冊獻於有緣的你。

感恩，望雅正。

歷史大講堂
觀山海

2019年6月初版　定價：新臺幣990元
2023年5月初版第四刷

繪著者	杉澤
撰者	梁超
叢書主編	李佳姍
校對	馬文穎
	陳佩伶
封面設計	謝佳穎

出版者	聯經出版事業股份有限公司
地址	新北市汐止區大同路一段369號1樓
叢書主編電話	(02)86925588轉5320
台北聯經書房	台北市新生南路三段94號
電話	(02)23620308
郵政劃撥帳戶第0100559-3號	
郵撥電話	(02)23620308
印刷者	文聯彩色製版印刷有限公司
總經銷	聯合發行股份有限公司
發行所	新北市新店區寶橋路235巷6弄6號2樓
電話	(02)29178022

副總編輯	陳逸華
總編輯	涂豐恩
總經理	陳芝宇
社長	羅國俊
發行人	林載爵

行政院新聞局出版事業登記證局版臺業字第0130號

本書如有缺頁，破損，倒裝請寄回台北聯經書房更換。　ISBN 978-957-08-5319-3 (精裝)
聯經網址：www.linkingbooks.com.tw
電子信箱：linking@udngroup.com

國家圖書館出版品預行編目資料

觀山海/杉澤繪著．梁超撰．初版．新北市．聯經．
2019年6月（民108年）．432面．18×25公分（歷史大講堂）
ISBN 978-957-08-5319-3（精裝）
[2023年5月初版第四刷]

1.山海經　2.繪本

857.21　108007713